Mário de Sá-Carneiro

Wahnsinn... Erzählungen

≈

Mário de Sá-Carneiro
Wahnsinn…

Erzählungen

Aus dem Portugiesischen und mit einem
Nachwort von Frank Henseleit

Matthes & Seitz Berlin

Wahnsinn...

Für Milton de Aguiar

Der Tod des Raul Vilar traf auf breites Bedauern. Die Zeitungen brachten lange Artikel über den berühmten Bildhauer. Man hatte in einer beispiellosen Woge der Anerkennung seine Biografie gleich mitverfasst, ihm sein Werk katalogisiert, das von »Amor«, jenem weltweit bewunderten Basrelief überragt wurde, und war sich einig, dass sein früher Tod ein großer Verlust für die Kunst seines Landes bedeutete. Die Jahre gingen ins Land. Heute werden sich, wenn überhaupt, nur wenige an den armen Raul erinnern. Aus diesem Grund habe ich mich entschieden, über ihn zu reden. Niemand ist geeigneter: Ich war sein engster Freund, sein einziger Freund.

Damit meine Absichten nicht ins falsche Licht gerückt werden: Dieser Bericht verfolgt ausschließlich das Ziel, sämtliche Bausteine bereitzulegen, die für das Studium eines einzigartigen psychologischen Phänomens hilfreich sein können, die eine unbegreifliche Seelentragödie begreiflich machen und einen unerklärlichen Selbstmord erklären können.

Hinzuzufügen bleibt mir, dass diese Seiten im gleichen Atemzug mit den wilden Fantasien aufräumen wollen, die über die Hintergründe, die den jungen Künstler zu seiner Verzweiflungstat gebracht haben könnten, kursierten.

Diese äußerst im Unklaren liegenden Umstände werde ich nach Kräften erhellen. Ungewiss, ob es mir gelingen wird, und ohne der Vorreden mehr, dies ist mein Bericht.

*

*   *

Raul und ich kannten uns von der Schulbank. Unsere ersten Begegnungen waren frostig, nichts an ihnen deutete auf eine zukünftige enge Freundschaft hin. Im Gegenteil: Mit besonderer Abstoßung musterte ich das blasse, wie in Rosa getünchte Gesicht, das blonde und lockige Haar dieses Knaben, seine großen blauen Augen. Er erinnerte mich an ein englisches Fräulein. Wie er mir später gestand, hegte er seinerseits über Monate eine heimliche Ablehnung gegen mich. Ihm missfielen meine maskulinen Gesichtszüge, mein dunkler Teint, meine schwarzen, glatten Haare; mit einem Wort, meine ganze Statur, die die Antithese zu seiner war. Daher begnügten wir uns auf der Straße mit einem trockenen Händedruck und in der Klasse mit dem Ausleihen des Anspitzers oder des Radiergummis... Nicht einmal das währte lange; irgendwann gaben wir uns nicht mehr die Hand, bedienten wir uns nicht mehr des Radiergummis oder des Anspitzers des anderen. Der Hintergrund war, dass Raul eines Nachmittags beim Ausgang unseres Klassentraktes mir nichts, dir nichts einen schmächtigen und rachitischen Hänfling verdrosch — zufällig der beste Schüler des Jahrgangs. Ich ging dazwischen. Mit zwei Fausthieben zwang ich den Übeltäter, sein Opfer loszulassen; ich fackelte nicht lang und verabreichte dem Wüstling eine heftige Tracht Prügel, bis er mit eingezogenem Kopf grummelnd abzog.

Ich war mir sicher, mit diesem Akt der Gerechtigkeit auf ewig den Hass dieses Rohlings auf mich gezogen zu haben. Was sich auf überraschende Weise schon in der darauffolgenden Woche nicht bestätigen sollte, denn als ich das Bein einer Schulbank zerbrach, bezichtigte Raul spontan sich der Tat, um mir den Tadel zu ersparen!

Von diesem Tag an knüpfte sich unsere Beziehung aufs Neue, und unsere gegenseitige Antipathie wandelte sich in gegenseitige Sympathie. Ich akzeptierte seine Augen und sein Haar; er tolerierte meinen erdigen Teint, große Innigkeit verband uns seitdem. Erwähnenswert daran: Wir sprachen weder über die Tracht Prügel noch von seinem Eingeständnis der Niederlage; wir taten, als seien wir uns zuvor nicht begegnet. Fortan besuchten wir die Schule gemeinsam, ein täglicher Umgang folgte, der unsere Freundschaft festige.

Raul war mit einem bizarren Charakter bestückt: Bald war er fröhlich, bald traurig; bald geschwätzig — ohne eine Minute Ruhe geben zu können —, bald zurückgezogen in langes Schweigen, versunken in tiefe Meditation. Wegen Nichtigkeiten überkam ihn manchmal schreckliche Wut: Eines Tages etwa — ich teilte in einer Sache seine Ansicht nicht — überzog er mich mit einer obszönen Tirade samt eines hinterhergeworfenen schweren Tintenfasses aus Glas, das, so erinnere ich mich, wenn es mich getroffen hätte, sicher mein Ende bedeutet hätte. Aber seine cholerischen Momente legten sich gleich; mit Tränen in den Augen bat er um Verzeihung. Ich verzieh ihm, immer…

Wiederholt hatte er sonderbare und geradezu unheimliche Einfälle, die von seiner undurchschaubaren Überreiztheit zeugten. Beispielsweise eines Nachts — eine seiner üblichen Schweigeperioden war vorangegangen —, als er unvermittelt hervorstieß:

— Ich wollte, alle Menschen stürben... alle Tiere, nur ich bliebe am Leben...

— Wozu? — fragte ich verblüfft.

— Um die Angst zu kosten, ganz allein zu sein auf einer Welt unter all den Kadavern. Das hätte etwas Delikates! Welch schauriges Frösteln!...

Seine mir längst bekannten Überreiztheiten brachten mich zum Lachen; oder anders gesagt, ich zwang mich zu lachen, wenn ich sie hörte. Und tatsächlich, Rauls Gesicht befiel bei diesen Ausschweifungen ein gewisser Ausdruck, seine Augen erstrahlten in einem derart einzigartigen Glanz, dass sich mein Herz angesichts eines vagen Vorgefühls des Wahnsinns zusammenzog. Ich bemühte mich, die Unterhaltung zu wechseln, was mir nicht immer gelang.

Er war es, dem ich meine ersten literarischen Arbeiten zeigte. Er lobte mich, und er übertrieb:

— Ich bin stolz auf deine Pomadigkeit! Aber wozu zum Teufel soll das gut sein?

— Zu nichts — antwortete ich vergnügt. — Ein Zeitvertreib, der niemandem schadet... zudem ein preiswertes Vergnügen: Das Heft kostet gerade zwei Groschen; Tinte und Feder treiben einen auch nicht in den Ruin...

— Zum Zeitvertreib... — grummelte er mit einem abschätzigen Lächeln. — Pah! Du machst das zum Zeitvertreib... Deshalb schreibst du; du behauptest, du würdest arbeiten. *Zeitvertreib*, mein Guter, bedeutet, Zeit zu beschleunigen. Die Zeit verstreicht schon zu schnell; sie benötigt diese Anstöße nicht. Die Menschen sollten im Blick haben, die Zeit *aufzuhalten,* und nicht, sie zum hastigen Zeitvertreib totzuschlagen… Genau das tue ich… In die Vergangenheit mich hineindenken, ich durchlebe die Vergangenheit. Ich errichte dadurch eine Barriere zwischen Gegenwart und Zukunft. Die Zukunft ist übrigens eine talentierte Trapezspringerin… Sie überspringt alle Barrieren, turnt zur Gegenwart und zurück, und ich, kleines Licht, schwinge mich heran… Du schreibst, um dich nicht zu langweilen… Ach, wie glücklich wäre ich, gelänge es mir, mich zu langweilen!…

Diese und andere absurde Tiraden missfielen mir. Doch inzwischen an alles gewöhnt, was aus seiner Richtung kam, ertrug ich sie; ich hörte sie mir nur an, diskutierte sie nicht.

Wenn er unbeschwert war, pflegten wir einen milden Unterhaltungston, hauptsächlich über Kunst, Literatur und Theater. Seine Gedanken glichen dann denen normaler Menschen, bis — aus heiterem Himmel — die extravagante Note durchbrach.

So eines Morgens, als ich ihm von den schönsten Liebesgeschichten vorschwärmte; ich schmückte meine Rede mit Kommentaren über die hinreißende Manon, über den wunderbaren Werther, über die romantische *Kameliendame.* Ich rezitierte Dante, Camões, Petrarca; ich fantasierte eine lyrische Handlung herbei, in der — im Schein des Mondlichts — die berühmtesten Liebesgeschichten, angefangen von Helena und Paris und endend mit Sappho und Jean Gaussin, vor den Augen zweier frisch Verliebter verblasst wären. Mein Freund, der gebannt zuzuhören schien, stieß unerwartet ein schrilles Gelächter aus:

— Das ist alles Blödsinn... Die Liebe? Pf... Was ist die Liebe schon? Ein organisches Übel, mehr nicht. Für unsere Notdurft bedienen wir uns eines tönernen Gefäßes; zum *Lieben* benötigen wir eines aus Fleisch... Quatsch Dante, Quatsch Camões... Schafsköpfe!... gedrechselte, Reime schmiedende Dämlacks... Du, mein Windbeutel, brichst wahrscheinlich nicht einmal die Anstandsregel, du driftest ab in die Schummer-Dämmerung einer Gemme, um einem verstörten und reizlosen Mädchen aus gutem Hause tausend Banalitäten vorzusäuseln... Wie du da stehst, Regen und Sturm trotzt, Heini du!... Geistesfünkchen! Glückspilz... Gehst ein und aus bei den Göttern... Dass ich nicht lache!...

Als die Unterhaltung in diese Richtung kippte, verstummte ich. Unter solchen Umständen verstummte ich immer...

Offen gestanden, Rauls erste zwanzig Lebensjahre waren ohne jegliche Liebesallüre vorübergegangen. Kein Lächeln einer Frau hat jemals seine Jugend aufgehellt. Außer zu seiner Mutter hatte er keine Beziehung. Mehrfach arrangierte ich vergebens eine Art »familiäre Zusammenkunft«. Es sollte ihn ablenken. Er sagte dazu:

— Mein Guter, wir alle verfolgen ein Ideal. Ich werde dir meines nicht verraten. Wenn ich es verriete, wäre es kein Ideal mehr... Allerdings versichere ich dir, dass darin keine Frau vorkommt... es kommt überhaupt niemand darin vor außer mir. Ein Raubtier bin ich... Ah! Niemanden an unserer Seite zu spüren... nur tun, wonach unser Wille strebt... Dass man das Familienleben liebt, abstrus... Familie! Ekelig!...

— Aber ohne eine Familie zu gründen, kann man kein vollständiges Glück finden! — empörte ich mich.

Raul, der nachdenklich wurde, antwortete überraschend:

— Einverstanden. Genau deshalb ekelt mich vor dem familiären Leben. Ich möchte nicht glücklich sein... Glücklich zu sein käme meinem größten Unglück gleich!...

Armer Freund... armer Irrer...

Nach drei langen Jahren, die ich in Belgien mit einer Ingenieurausbildung vertrödelte, kehrte ich ohne Abschluss nach Portugal zurück. Während meiner Abwesenheit hatte ich kaum nennenswerte Nachrichten von Raul erhalten. Gleich nach der Ankunft galt mein erster Besuch ihm. Er empfing mich mit gipsverschmierten Händen in seinem ehemaligen Arbeitszimmer, das in ein Bildhaueratelier umgestaltet worden war. Höchst verwundert rief ich aus:

— Wie!? Am Ende bist du noch auf Künstler umgesprungen!?...

— Wie du siehst — antwortete er gelassen. — Warum so überrascht?

— Hauptsächlich, weil ich dir diese Geschicklichkeit nicht zugetraut habe — gab ich zur Antwort. — Soweit ich mich erinnere, hast du sie niemals angedeutet. Schließlich darf man deinen fantastischen Theorien zufolge die Zeit nicht mit Talenten herausfordern...

— Aus genau diesem Grund betätige ich mich als Bildhauer: Ich schaffe Skulpturen. Meine Statuen sind keine gewöhnlichen Plastiken, mein treuer Freund, sie besitzen Leben... Leben, hörst du?... Statt Fleisch aus meinem Fleisch zu zeugen, erschaffe ich Leben mit den Händen, das heißt mit meinem Gehirn, das sie führt. Ich erschaffe Leben; meine Statuen werden von der Zeit geküsst, für mich vergeht sie nicht...

Es stellte sich heraus, dass er recht hatte. Er zeigte mir seine Werke. Sie lebten, diese Skulpturen... Marmorskulpturen von einer genialen, verblüffenden Ausführung... Zweifellos erstrangige Werke; jedoch alleinstehende Meisterwerke, in ihrer Schönheit eher sinnlos.

Reich, wie er von Hause aus war, hatte er aus seiner Kunstfertigkeit kein Geschäft gemacht. Umso mehr sprach sich sein Name herum: Raul Vilar, der jugendliche, talentierte Bildhauer, dachte ich, würde zwangsläufig innerhalb kürzester Zeit zur Berühmtheit werden.

Ich forschte ihn über sein Leben aus. Darin war an eine Frau nicht zu denken. Als ich ihn auf Umwegen fragte, wiegelte er lauthals ab:

— Schafskopf... Frauen?... Wozu? Habe ich nicht meine Statuen, habe ich nicht genügend Marmor? Die verlogenen Literaten, sie fassen es in nichts als Worte, wenn sie den idealen Körper einer Frau beschreiben: »Ihre glatten und sehnigen Beine glichen zwei Säulen aus hartem Marmor; ihr Busen, reiner Alabaster.« Ja, trotz eurer großen Dummheit versteht ihr, dass die überlegene Schönheit sich in Stein ausdrückt... Hier, Dichter, ich habe Stein genug; wozu bräuchte ich Fleisch, Schwachkopf?... — Und tatsächlich tätschelte er dabei die Brüste einer wunderbaren griechischen Tänzerin.

. . . .

Ich dachte viel über Raul nach und stellte mir die Frage: »Wird er gar am Ende als origineller Künstler anerkannt, der sich emporredet, weil er viel Aufhebens von seiner Originalität macht, oder wird er nur ein Irrer werden?«

Ein dem Wahnsinn Verfallener schien mir die wahrscheinlichste Hypothese. Aber ich erkannte im Denken meines Freundes eine solche Zerfahrenheit, dass ich hin und her schwankend zu dem Schluss kam: »Ein nicht zu erfassendes Geschöpf... ein feiner Kerl... ein berühmter Künstler...«

II

Als Ingenieur gescheitert, hatte ich mich, was besser zu mir passte, in Lissabon als Beamter eingerichtet und hegte nun den Gedanken, mich ganz der Literatur zu verschreiben. Mit zunehmendem Selbstvertrauen und dank des Empfehlungsschreibens eines gefälligen Freundes veröffentlichte ich mein erstes schmales Bändchen mit Erzählungen. Jenseits eines erwarteten mäßigen Erfolgs entwickelte es sich fast zu einem Siegeszug: Etwa tausend Exemplare verkauften sich, was unter uns gesagt, ein Wunder ist.

Raul blieb mein Vertrauter. Ich offenbarte ihm alle meine Vorhaben, alle meine Hoffnungen; er war der Erste, den ich meine Werke laut lesen hörte. Er war auch nicht mehr so verächtlich wie in früheren Zeiten. In Wahrheit könnte er dennoch eine gewisse Geringschätzung für diese belanglosen Aufzeichnungen empfunden haben; da er aber selbst einen Zwang des »Erschaffens« verspürte, sprach er mir dieses Recht nicht ab.

Mein Kamerad ging nie ins Theater. Eines Tages platzte ich bei ihm herein und proklamierte:

— Ich kündige dir schon einmal an, dass du mich in Kürze ins Theater Dona Maria begleiten wirst, keine Ausrede.

— Niemals, da kannst du alt werden... — warf er zurück.

— Für dich bin ich zu jedem Opfer bereit... außer zu diesem; reine Verschwendung. Stundenlang diesen Schwafeleien zuhören, die uns ein paar Wichtigtuer mit bepinselten Gesichtern als Ausschnitte der wirklichen Welt vormachen wollen, das überfordert meine Kräfte. Ich weiß auch nicht, welches Vergnügen dir meine Folter bereiten könnte...

— Ein enormes Vergnügen — gab ich zur Antwort — so groß, dass du meiner Bitte entsprechen wirst, egal was du gesagt hast...

— Und ich versichere dir: Deine Hartnäckigkeit sei dir verziehen. Nichts wirst du erreichen.

— Wirklich? Wenn ich dir aber sage, dass einer der Autoren des Stückes, das ich dir zeigen möchte, ein gewisser... ich selbst bin?

Raul schätzte mich sehr. Wenn es wahre Freunde gibt, war er ein wahrer Freund. Er wusste genau, mein stärkster Wunsch war immer, eines meiner Stücke aufgeführt zu sehen. Seine Miene hellte sich auf, er umarmte mich und sagte:

— Du hast recht... Ich gebe mich geschlagen. Ich werde hingehen, deinen Applaus sollst du haben... Aber erzähle... berichte mir, wie alles kam. Warum hast du mir kein Sterbenswörtchen davon gesagt?...

— Ich wollte dich überraschen — begann ich. — Die Geschichte ist ganz banal: Eines Abends wurde ich Patrício Cruz vorgestellt; am nächsten Tag begannen wir ein Stück zu schreiben — *Der Ekel*, so lautet sein Titel. Zwei Monate später war es abgeschlossen; heute begannen die Putzproben. Das ist alles.

— Bist du also glücklich? — wollte er wissen.

— Überglücklich!

— Unglückseliger!...

....

Patrício Cruz war ein erstaunliches Schriftstellertalent. Seine Erzählungen, kleinste Meisterwerke, sind Meilensteine unserer modernen Literatur. Man nannte ihn aus jener Beflissenheit, für Berühmtheiten des Landes ausländische Vergleiche heranzuziehen, »den portugiesischen Maupassant«.

Diese brillante, aber von extravagantesten Wahnvorstellungen besessene Intelligenz sah man im Irrenhaus Rilhafoles verlöschen; aus meiner unbeholfenen Idee formte er ein tiefgehendes und menschliches Drama. In unserem Stück — ich sage das nicht aus Bescheidenheit; denn von allen Makeln fehlt mir dieser — stammt alles Bedeutsame von ihm; das Strebsame von mir. Wer mit Interesse das Theaterleben verfolgt, wird sich vielleicht an den Staub erinnern, den dieses Werk aufwirbelte — und mit Sicherheit an die wunderbare Umsetzung von Ferreira da Silva. Ihm und Patrício gehören *Der Ekel*.

Zur Premiere gelang es mir tatsächlich, meinen Freund ins Theater zu drängen. An diesem Abend lernte ich einen anderen Raul kennen: Einen Raul wie Sie und ich: Seine Extravaganz trat nicht zum Vorschein. Er umarmte mich in den Pausen, unterhielt sich mit meinen Bekannten; ich stellte ihm Patrício vor, alle unsere Schauspieler, doch Raul, der gefragte Bildhauer, erwies sich als der witzigste Gesprächspartner von allen. Seine Bekanntschaft mit Edmundo de Noronha, dem bekannten Journalisten und Kunstkritiker, der seinem Werk so wunderbare Artikel widmete, geht auf dieses Ereignis zurück.

Am darauffolgenden Tag kam ich erst spät aus dem Bett. Ich ging direkt zu Raul, wir beschlossen, gemeinsam zu Mittag zu essen. Während der Mahlzeit war *Der Ekel* einziges Gesprächsthema:

— Mein Freund — so hob er sein bildhauerisches Bekenntnis an — ich habe meine Meinung über die Literatur inzwischen geändert. Gestern noch betrachtete ich sie als Nichtigkeit, nur schwachen Geistern würdig. Heute weiß ich, dass ich einem Irrtum nachgeeifert habe. Die Bildhauerei schafft Körper: Ich schaffe Körper. Die Literatur schafft Seelen: Du schaffst Seelen. *Könnten wir unsere beiden Künste zusammenbringen, würden wir Leben schaffen.* Zum Glück ist das unmöglich...

*
* *

Die internationale Anerkennung des Bildhauers stieg in besonderer Weise, als seine Figurengruppe *Alkohol* den »Großen Preis« des Pariser *Salon* (1901) erhielt. An dieser Ehrung — darf ich mich rühmen — hatte ich großen Anteil: Wahrlich, denn hätte es nicht mein wiederholtes Ersuchen gegeben, würde Raul diese »herrliche Tragödie in Stein«, wie ein Pariser Kritiker, ein gewisser Monsieur Arsène Alexandre, sie betitelte, nicht ausgestellt haben.

Eine Weihe dieses Ausmaßes brachte dem Künstler einen enormen Prestigezuwachs: Seine Arbeit wäre wohl unentdeckt geblieben; aber von Frankreich beweihräuchert, konnte Portugal eine Geringschätzung seiner Leistung nicht wagen.

Die Freundschaft, die mich mit Raul Vilar verband, war weithin bekannt. In den Salons, in denen ich wegen meines Schriftstellerberufs verkehren musste, sah ich mich ständig mit Fragen zu dem berühmten Bildhauer belagert. Insbesondere die Salondamen baten mich, dass ich ihn mitbrächte. Mit netten Worten schlug ich ihnen die Idee aus dem Kopf; aber die Condessa de Vila Verde drängte derart inständig, dass mir keine andere Wahl blieb, als ihr zu versprechen, dass ich nichts unversucht lassen würde, meinen Freund in ihren Salon zu schleppen.

Entschlossen, mein Versprechen einzuhalten, versuchte ich einen Plan auszuhecken, der Raul überzeugen könnte. Ohne einen blassen Schimmer zu haben, wie, fiel mir die Lösung vor die Füße. Er war in letzter Zeit sehr verändert... Möglich, dass ihn das Leben der anderen gar nicht mehr so anwiderte... Mit diesem Gedanken sprach ich ihn ein paar Tage später an:

— Hör mal, mein Guter, gestern ging ich auf den Ball der russischen Gesandtschaft. Ich habe mich zu Tode gelangweilt. Trotzdem habe ich meine Zeit nicht vergeudet: Ich entdeckte den Stoff für einen Roman...

— Na, Glückwunsch — antwortete er grantig.

Ich riskierte kein weiteres Wort. Rauls Ton hatte mich entwaffnet. Bis er — eingehüllt in die Qualmwolken seiner vorzüglichen Havanna, die er wortlos rauchte — nach etwa einer Viertelstunde sich zu mir umdrehte und fragte:

— Hast du die Wahrheit gesagt? Du hast dich auf diesem Ball gelangweilt?...

— Gelangweilt. Ich langweile mich bei allem...

— Wozu gehst du dann überhaupt zu diesen blödsinnigen Versammlungen?

— Aus beruflichen Gründen. Ich muss *beobachten*. Ich langweile mich im Dienste der Literatur...

— Ach ja! — schwenkte Raul auf seine fixe Idee um. — Ich liebe es, mich zu langweilen... Zeit, die ich der Zeit stehlen konnte...

— Das ist ganz einfach! — rief ich hoffnungsfroh. — Begleite mich auf einen Ball. Ich verspreche, dass du dich langweilen wirst!...

— Vielleicht hast du recht — grummelte er nach einer Weile.

Sieg auf halber Strecke. Nur wenige subtile Sticheleien später, allen voran die um den unerlässlichen Frack, in den Raul um keinen Preis steigen wollte, gelang es mir, ihn bis an das Haus der Condessa zu schleppen, um — gegen Mitternacht — triumphierend die Salons zu betreten, die vor geladenen Gästen nur so barsten...

In dieser Nacht war San Carlos menschenleer. Alle wollten den Schöpfer der Skulptur *Alkohol* kennen lernen.

. . . .

Eine Frau war bis hierhin im Leben meines Freundes noch nicht aufgetaucht; da war ich mir sicher.

III

— Nun, darf ich dir gratulieren? Hast du dich gelang-weilt?... — zischelte ich Raul zu, als ich neben ihm durch die Tür des Palastes der Condessa auf die Straße hinaustrat.

Beim geringsten Anzeichen seines Widerspruchs schoss ich los.

— Und!? Wird es in Zukunft gehen!?... Hat dich die *soi-rée* unterhalten?...

— Nein.

— In diesem Fall...

— Ich befand mich auf gar keinem Ball.

— Wie bitte?...

— Es ist, wie ich es dir sage.

— Sprich nicht in Rätseln...

— Ich habe nur wenig dazu zu sagen. Nur der Körper — das Tier — hielt sich in den Sälen auf. Jemand hob meinen Geist in andere Regionen.

— Und welchem Geschöpf gelang ein derartiges Wun-der? Wer war dieser außergewöhnliche *Mensch*...?

— Jedenfalls war es kein Mann.

— Eine Frau!?... Ah! Jetzt begreife ich alles.

— Gar nichts begreifst du... Falls doch, sag, was du be-griffen hast...

Er brachte mit diesen Worten meinen rätselnden Gesichtsausdruck auf den Punkt.

— Was ich verstanden habe? — ich überlegte. — Was jeder verstanden haben würde. Die Sachlage ist ziemlich einfach... Ein Geschöpf hat dich alles vergessen lassen. Dieses Geschöpf war eine Frau... Jung und hübsch, ist das nicht die Wahrheit?

— Ich sagte dir bereits, das in den Sälen, das sei das »Tier« gewesen. Es hat es meine Gefährtin folglich nicht erkennen können. Wer sie erkannte, war meine Seele allein... und meine Seele fand sie vollendet schön.

— Wann wirst du endlich diese Geheimnistuerei beenden, wann es aufgeben, in Rätseln zu sprechen? — rief ich vergrätzt aus. — Trotz deiner pedantischen Vernebelung sagen deine Worte, dass die Frau jung und ansehnlich ist... Anders war es gar nicht möglich... Du hast dich stundenlang mit ihr unterhalten... Ich wiederhole mich, wenn ich sage, ich sehe alles.

— Und ich wiederhole dir, nichts siehst du... Woher willst du wissen, worüber wir gesprochen haben?

— Na... eine heikle Frage — sagte ich überheblich. — Mit einer schönen Frau, den ganzen Abend lang, kann der Gegenstand der Plauderei nur einer gewesen sein: die Liebe und die Galanterie; all dies wie üblich dosiert mit *Mode*, *Theater* und einer Prise Tratsch.

— Schluss, sage ich. Gar nichts hast du begriffen. Ein Gespräch aus solchen Nichtigkeiten hätten meine Nerven nicht ertragen können. Wir unterhielten uns über etwas anderes... über weit davon Entferntes... über etwas von sehr gleicher Art...

— Ich gestehe... ich kann dir wirklich nicht folgen... Du bist unmöglich... absolut unausstehlich... Ich verstehe dich nicht... ich will auch nicht verstehen... Welche Farbe haben ihre Augen?

— Schwarz.

— Ihr Haar?

— Ebenholz.

— Ihre Haut?

— Weiß wie Milch... um einen vollkommen Körper einzuhüllen, der nicht naturgeschaffen scheint...

— Das fasse einer! — rief ich triumphierend. — Das fasse einer! Welch enthusiastischer Durchbruch! Und du, mein kleiner Heuchler, wusstest nicht, ob *sie* schön oder hässlich war!? Oh! Oh!... Mein Guter, schlussendlich bist du ein Mann... Und kannst dich nicht auf deinen elendigen Zustand herausreden...

— Es sprach nicht der Mann; es sprach der Künstler.

— Schafsscheiße! — schrie ich ihn an. Sogleich dämpfte ich mich und hakte nach:

— Und wer ist diese mysteriöse Dame?

— Ich weiß es nicht.

— Du weißt es nicht!?

— Nein.

— Also was jetzt!? Verdiene ich dieses Vertrauen nicht?... So ernst ist die Liebschaft also, dass du Zurückhaltung üben musst?...

Bei dem Wort »Liebschaft« ließ Raul mit einem bösen Blick meinen Arm los und rief schroff:

— Halt den Mund... Ah! Halt den Mund!...

— Nicht, bevor du mir ihren Namen sagst. Es ist unmöglich, dass du ihn nicht kennst!

— Ich kenne ihn.

— Warum hast du dann soeben noch gesagt, du wissest nicht, wer diese mysteriöse Dame war?...

— Ich kenne ihren Namen, aber ich weiß nicht, wer sie ist.

— Jetzt gib auf...

— Wissen, *wer* eine Person ist, bedeutet, ihre Seele zu kennen, in ihre Gedanken vorzudringen, zu wissen, wie sie denkt, wie sie handelt. In einer einzigen Nacht kann man das nicht erreichen. Einen festen Gefährten lernt man erst nach Jahren richtig kennen, das ist die Regel. Darum sagte ich auf deine Frage »Wer ist sie?« »Ich weiß es nicht«. Ihren Namen kenne ich: Marcela; die Tochter der Condessa.

— Unglückseliger! — rief ich aus. — Aber die ist so gut wie mit Máximo Liz verheiratet... diesem Advokatensöhnchen, das ich dir kürzlich vorstellte... dem neuen Stern am Gerichtshof... ein Ausbund an Eleganz, berühmt für seine exaltierten Anzüge... Ich begegne ihm täglich in der Rua do Ouro...

— Die Unglückselige ist sie; nicht ich...

Mit diesen Worten kamen wir bei Rauls Tür an. Wir gingen auseinander:

— Gute Nacht... schlaf gut... — waren meine Worte — möge der Doktor dir nicht im Traum erscheinen...

— Gute Nacht — erwiderte Raul und verschwand.

Ich setzte meinen Weg fort. Zu Hause angekommen — es waren nur ein paar Schritte —, ging ich flink zu Bett. Ich nahm die Tageszeitung zur Hand und schlug gleich die *Neuigkeiten* auf. Die erste Seite, es gab nichts zu lesen: Sie war ganz der Politik gewidmet. Auf der zweiten Seite fesselte mich fünf Minuten lang ein Interview mit einem französischen Schauspieler, der tags drauf am Theater Dona Maria Premiere haben würde. Ich legte das Blatt schon zusammen, als mir die folgenden Zeilen in der Rubrik Ankündigungen in die Augen sprangen:

DR. MÁXIMO LIZ
Anwalt
Kanzlei — Rua Áurea, 23, 1.°

... Ich träumte von Marcela, träumte von Raul, träumte von Dr. Liz...

Könnte mein Freund denselben Traum geträumt haben? — diese Frage stellte ich mir, als ich mittags die Augen öffnete...

. . . .

*
*   *

Im darauffolgenden Sommer stand mir eine Reise nach Frankreich, England und Italien bevor. Im Juli reiste ich ab; ich rechnete mit einer Rückkehr Ende November. Im Januar des nächsten Jahres hielt ich mich noch immer in Paris auf...

Rauls Nachrichten waren spärlich und die wenigen beliebig: »Mir geht es gut... Neuigkeiten, keine... Umarmung, dein Freund... etc.« Persönliche Mitteilungen — das heißt beseelte Mitteilungen — fehlten. Er verheimlichte etwas.

Im März kam ich schließlich nach Lissabon zurück.

Ich fand einen umgekrempelten Raul vor: fröhlich, sorg-los, frei von Mysterien... Ich erkundigte mich: Die Freude ging auf ein Ereignis des Vorabends zurück. Der Grund: An diesem Tag war die Heirat mit Marcela beschlossen wor-den...

Der Untergang der Erde würde mir weniger Schrecken eingejagt haben...

IV

Meine Entgeisterung war nicht von langer Dauer. In Gedanken vertieft, kam ich zu dem Schluss, dass alles andere außergewöhnlich gewesen wäre. Raul war ein Mann, zudem ein Künstler; also ein sensibler Typ. Es grenzte ans Fatale, was mit ihm geschehen war. Die Liebe spart niemanden aus. Die vielversprechendsten Strategien, sie nicht zu beachten, sind zwecklos: Am Ende macht sie ihren Einfluss doch spürbar. Im Abenteuer eines Mannes — wie in allen Abenteuern — taucht immer eine Frau auf, taucht immer die Liebe auf. Ich war nur überrascht, wie tief das Abenteuer meines Freundes in die Regionen einer kitschigen Romanze abgerutscht war, keine Spur von prosaischer Zurückhaltung, keine gewöhnliche Hochzeit:

— Die *Vermählung*... — wiederholte er ständig. — Ah! Wie ich dieses Wort verabscheue!... Ein Mummenschanz um einen Vertrag mit der Überschrift »Sakrament«, das zwei Leben auf unerschütterliche Weise aneinanderkettet; um einen Vertrag, der dem Mann alle Rechte überträgt und der Frau alle abspricht!... Da lieben sich zwei Geschöpfe, geben sich einander hin, wissend, dass zwischen zwei jungen und heißblütigen Tieren die Innigkeit der Seele nach der Vereinigung der Körper verlangt; das genügt nicht, man verlangt, dass sie ein Schriftstück unterzeichnen, damit die Welt sie nicht als Frevler verbannt!!... Unerhörte Dummheit der Menschen! Der Mensch — das vollkommenste Tier — in absichtsvoller Verwandlung, eine höhere Art zu werden, verwandelt sich bloß in das tierischste aller Tiere!...

Der Zufall hatte es gewollt, dass Raul jemanden traf und liebte, der ihm nicht gehören konnte, es sei denn über den Weg des Vertrages. Die Liebe, heißt es, überwindet alle Hürden; sie weicht nicht vor der Hochzeit zurück, oder wie mein ehemaliger Mitstreiter, Anarchist und Dichter, es in Worte fasste: »Ein falscher Vers, der sich in eine wie Bronze hallende, vortreffliche Alexandriner-Strophe verirrt hat.«

Mehr schlecht als recht vermochte dieses Zitat meine Bestürzung zu entkrampfen. Aber ja — das gebe ich zu —, ich war ein wenig enttäuscht, wie ich meinen Freund von seinem Piedestal des Prahlerischen in die Banalität herabsteigen sah. Er war gerade dabei, in dieser Banalität sein Glück einzurichten. Ich freute mich für ihn.

Die Hochzeit verlief wie jede andere. Ganze Zugladungen geladener Gäste, es gab *Buffet* mit *chauds* und *froids,* und die Journaille hatte lange genug Stoff, den Erfolg in »carnets-mondains«, »high-lifes« oder »clubs et salles« zu verbreiten. Es war das mondäne Ereignis der Saison; vergleichbar mit den Galarezitationen des Theaters San Carlos und den *Premieren* im Theater Dona Amélia: Dieselben Zuschauer, derselbe Schwachsinn.

Ich assistierte Raul beim Hauptakt in der Rolle eines Augenzeugen: Am *Buffet,* wo ich ausschließlich Champagner bestellte, auf dem Hochzeitsball, auf dem ich nicht tanzte.

Einen Tag nach ihrem Bund fürs Leben reisten die jungen Leute in die Schweiz: Züge, Hotelzimmer, sie sollten kennenlernen, was man geziemend *Flitterwochen* nannte.

Ah! Wie unerquicklich muss es sein, in Nächten wie diesen, die man zu den glücklichsten des Lebens zu rechnen hat, sich vor den Augen der Öffentlichkeit in den Armen zu halten, ein bedeutungsloses Szenario ohne Worte, dazu fremde, unkomfortable Zimmer, anstelle unseres heimischen Platzes, unserer gewohnten Umgebung...

Nur weil die Mode solche Hochzeitsreisen verlangt: Sie schreibt Italien und die Schweiz als pflichtgemäße Ehebetten vor. Mein armer Raul musste sich dem Gesetz der Masse unterwerfen...

Aber er unterwarf sich nicht, und darin schimmerte der Geist vergangener Zeiten auf. Er hatte nämlich die Herrichtung eines hübschen Häuschens in einem zauberhaften Dorf im Minho beauftragt, nahe dem Landstrich — Viana do Castelo —, wo er aufgewachsen war. Dort hatten die jungen Leute ihrer Liebe also ein Nest gebaut, inmitten süßen Friedens und kompletter Abgeschiedenheit. Ich war einer der wenigen Eingeweihten. Wie auch immer, offiziell liefen die Brautleute küssend durch Luzern, Zürich, Genf und Basel...

*

*   *

Woraus diese zwei Monate im Minho bestanden haben, ich weiß es nicht. Aus Liebeslyrik, aus Glück, selbstverständlich... ein Gedicht, das sich mir andeutete, sowie das Paar nach Lissabon zurückkehrte und ich mit meinen eifrigen Besuchen das Haus meines ehemaligen Mitstreiters frequentierte. Anfangs zog mich nur der Mann an; jetzt war es auch eine Frau... eine hinreißende Frau, eine vollkommene Kreatur.

Raul und Marcela — hieß es — waren nicht bloß zwei Eheleute, sie waren zwei Geliebte. Für die *Gesellschaft* existiert tatsächlich ein Unterschied zwischen »Mann und Frau« und Geliebtem und Geliebter. Beim Ersteren geht es um die gestattete Liebe, die bürokratische Liebe, Mitglied der Akademie; seriös und behutsam. Alles läuft auf die Umarmung raus, der das Sakrament Zustimmung erteilt, und auf — die Zeugung der Kinder — das Ziel: »Wachset und mehret Euch!« Die der Sache würdigen Eheleute haben sich sogar in jenem köstlichen Moment Respekt zu zeigen, in dem ihre Körper sich zu einem pochenden Bündel aus Fleisch und Nerven vereinen. Sie haben mäßigend in ihrer Lust zu sein, reserviert in ihrem Wahnsinn: Sie haben ihre Sinne zu zügeln, ihre Seufzer zu ersticken...

Die Liebe der Liebhaber dagegen ist frei; frei von allen Fesseln, frei von Heuchelei. Man muss keine Zurückhaltung wahren: Man darf den Mund küssen, die Brüste, den ganzen Körper... Mit einem Wort, die Freiheit der Leidenschaft, und weil es Freiheit ist, zog sie den Hass der »ehrenwerten Gesellschaft« auf sich...

Das Ganze ist so absurd... wie es wahr ist. Welchen Unterschied kann es schon geben zwischen dem Besitzverhältnis zweier Geschöpfe, die einen Vertrag mit schwarzer Tinte unterzeichnet haben, und dem Besitzverhältnis zweier anderer, die nichts als das erwiderte Gefühl der Liebe vereint?

Der Grund, warum sich Eheleute lieben wie Eheleute, ist, dass sie sich nicht lieben. Es ist der Grund, warum der

Mann Geliebte hat... und seine Frau oft seinem Beispiel folgt...

Raul und Marcela liebten sich wirklich; das heißt, sie liebten sich nicht wie Eheleute. Raul war Künstler. Wenn er nur kurzzeitig seine Skulpturen vernachlässigte, so widmete er sich doch der Kunst der Liebe, der schönsten der Künste.

Seine Hochzeitsnacht war nicht wie der gewöhnlich stumpfe und brutale *psychologische* Zeitpunkt eines »Endlich allein«. Die alles andere als tragikomische oder beklagenswert lächerliche Episode hatte mir mein Freund mit etwa folgenden Worten beschrieben:

»— Die *arglose Jungfrau*, welcher ihre Mama empfahl, *den Aufforderungen des Bräutigams zu gehorchen, so seltsam sie ihr auch erscheinen mögen*, ist in den meisten Fällen sehr wohl über sie unterrichtet; mit gesenktem Blick und leicht geröteten Wangen erwartet sie den Bräutigam im Zimmer und täuschte tadellos eine freudige Überraschung vor. Man hatte sie vorbereitet, *diese Situation* als einen außergewöhnlichen Augenblick hinzunehmen. Als Bräutigam wäre ich sicher erschrocken gewesen, wenn ich sie ruhig und gefasst angetroffen hätte und ihr Gesicht nicht die erforderliche Schüchternheit und Überwältigung hätte durchscheinen lassen. Ich hätte an ihrer Unschuld zweifeln können...

Und der Mann? Er tritt ebenso verwirrt auf und weiß nicht, womit er beginnen soll, er beabsichtigt, der Armen nicht den geringsten Schreck einzujagen — die Arme, die sich geradezu danach verzehrt...

Ah! Mein Guter, wie schrecklich sind nur diese Heucheleien; Früchte ewiger Vorurteile und einer sich in allem irrenden Erziehung einer Art, die sich ihrer Herkunft schämt: der Natur…«

Aber die Nacht der jungen Tiere Marcela und Raul ist ganz anders verlaufen. Entfesselte Geister, hemmungslos und befreit, *sich nicht ihres Tierseins schämend*; sie hatten sich besessen, den Akt als das Allernatürlichste, Allermenschlichste vor Augen, wohl wissend, dass er es ist, der das Leben erschafft, dass er es ist, der die Menschen erschafft… Sie hatten sich nicht wie Eheleute besessen, sie hatten sich besessen wie Liebhaber…

V

Die Statue, an der Raul seinerzeit meißelte, war Marcela. Aber keine Spur eines Gedankens an einen Stein, er vervollkommnete sie im Dienste der Liebe und konzentrierte sich ausschließlich auf ihr Fleisch; glühender Marmor, pochender... er führte sie in Feinheiten der Wollust ein, die er sich ausdachte. Sie ergab sich willig allen seinen Fantasien.

Nicht banal im bourgeoisen Bett — in verdunkelten Räumen — umschlossen sich ihre Körper; nein, am helllichten Tag, auf kostbaren, weichen Polsterbezügen, auf den Diwanen im Atelier, von denen sie, in den Spasmen ihrer Umklammerung auf den Boden rollten — einander umklammernd, sich vergessend...

Marcela erschien mit einem transparenten Nichts als Kleid. Das nackte Fleisch schien durch den hauchdünnen Stoff; gespannt wie aufgeblähte Segel, vibrierten darunter die hohen Brüste mit ihren roséfarbenen Spitzen... Ah! Wie er es liebte, diese Brüste zu beißen! Er küsste sie, biss sie so begierig, dass einmal Blut geflossen war...

Raul, der sie im Nu ausgezogen hatte, tauchte sein Gesicht in das Meer ihrer Haare, schlürfte an ihren Lippen

und ihrem ganzen Körper... Er himmelte ihre göttinnenglei-
chen Füße an; er nahm sie in den Mund, nagte an ihnen.

Er küsste ihre sehnigen und weißen Beine, umschlang
sie mit den seinen.

Er sagte ihr: »Du bist derart schön! Deine Haut, mein
Engel, bedeckt dein Fleisch überall; gespannt, ohne jegliche
Falte... als wolle sie zerreißen...«

Irgendwann bat sie ihn, dass er ihre Büste schuf. Er schuf
eine Statue. Er modellierte sie als luxus- und weintrunkene
Bacchantin, verzückt in rauschhaftem Delirium. Er schloss
das Werk ab, zerstörte es: »Mir war es nicht vergönnt —
sagte er —, den Marmor ihres Körpers in Marmor nachzu-
bilden...«

Seine Art zu lieben durchlief mehrere Phasen; er machte aus
Marcela eine griechische Kurtisane, eine römische Prostituierte, eine Pariser Kokotte...

Er gestattete ihr nicht, ein Korsett zu tragen. Ihm gefiel es,
wenn sie knapp bekleidet mit ihm in der Öffentlichkeit erschien: Mit halbbedeckten Armen, mit einem Dekolleté,
das Anspielungen machte, mit zartschwarzen, fast unsicht-
baren Strümpfen unter einem enganliegenden Rock. Sein
größter Genuss — offenbarte er — läge darin, »mit deinem
nackten Körper zu flanieren, ihn auf der Straße zu zeigen,
sodass jeder mein Meisterwerk begutachten könnte! Ja! Ich
war es, der ihn formte, der diesem Körper Feuer... Leben
einhauchte!...«

Das Zusammenleben dieser beiden Brautleute war voller Anstichelung... Aber da sie verheiratet waren...

Eingekapselt in einer Ekstase der Sinne, sollten die jungen Heiden, trunken vor Küssen, das irdische Sein als höchstes Abenteuer erleben. Ich hielt meinen Freund für geheilt... Ich neidete ihm sein Glück...

. . . .

Oh! Ich erinnere mich genauestens an das Abendessen — Raul befahl mir eines Nachmittags, zu ihnen zu kommen. Ich ging natürlich hin. Marcela erschien, ohne von meiner Anwesenheit zu wissen. Als sie mich erblickte, erstarrte sie schamrot. Sie war praktisch nackt. Bekleidet mit einer Tunika, die ihren Rücken frei ließ und ihre Brüste deutlich entblößte. Raul stieß ein kristallenes Gelächter aus, als er ihre Verwirrung bemerkte, und johlte — indem er sich an mich wandte:

— Da ich mein Meisterwerk niemandem vorführen kann, sollst wenigstens du es gesehen haben... Ich hatte nie Geheimnisse vor dir!...

Ruckartig entledigte er Marcela ihrer leichten Bekleidung... Ich betrachtete ihren entblößten Körper wie eine perfekte Erscheinung... Was für ein Körper!... An den Armen, den Beinen, den Brüsten waren schwarze Flecken zu erkennen: Liebeswunden, verstand ich sofort... Der Anblick währte nur eine Sekunde... Sie rannte weinend davon...

. . . .

Ein Irrer... Ein Wahnsinniger, ohne Zweifel...

*

*   *

Diese verstörende Episode hatte mich beklommen gemacht; da mich aber Raul nicht mehr überraschen konnte, beschäftigte mich der Vorfall kaum mehr als ein paar Stunden.

Trotzdem, sooft ich über meinen Freund nachdachte, ich ihn mir begreifbar machen wollte, ich sein Innerstes durchdringen wollte, traf ich auf das x einer nicht aufgehenden Gleichung. Vor meinen Augen liefen dann stetig unterschiedlichste bizarre Ereignisse seines Lebens ab: Ich sah ihn als Kind, das aus Lust an der Übertretung einen armen Kerl vermöbelte — er, der ein federleichtes Herz besaß ... Ich sah ihn als reifen Jugendlichen, der die sonderbarsten Theorien aufstellte, die sich von denen anderer seines Alters komplett unterschieden; sah, wie er wirsche, bisweilen unheimliche Ideen in die Welt setzte. Danach kam der Verächtlichste unter allen, der Kunstverächter, der Künstler wurde ... Und welch verblüffender Künstler! Trotz alledem einer von großer Außergewöhnlichkeit und Übernatürlichkeit in seinem Werdegang ... Am Ende lebte der Erzfeind der Liebe und der Frauen ausschließlich im Dienste der Liebe, im Dienste des weiblichen Körpers ... geehelicht, vor dem Altar der Kirche verbunden, wie jeder andere ... Diese *vulgäre Einkehr* war es vor allem, die mich erschreckte: Für Raul bedeutete vulgär exzentrisch sein ... Und die neue Phase, die er mir heute zeigte? Der ehemals Keusche entpuppte sich als Sittenloser, als Lästerer, der sich von spasmodischen Wellen befriedigter Sinne forttragen ließ; wie ein erniedrigtes, ja wildes Tier riss er an dem Fleisch, an dem er seine Raserei sättigte! ...

Für mich, den geübten Beobachter war der Fall meines Freundes von aufrichtigem Interesse. Ich beabsichtigte, seinen Fall — nicht ganz uneigennützlich — zu einem offenen Buch werden zu lassen. Falls ich seine Psychologie entschlüsseln könnte, dachte ich, würde der Fall in der Tat einen guten Stoff für einen Roman abgeben.

Ah! Ich konnte nicht ahnen, dass ich binnen Kurzem einer Tragödie beiwohnen sollte, zu deren Hauptdarsteller er selbst würde, und dass sie entgegen den Dramen des Lebens einen ersten Akt, Mitte und Schlussakt besaß...

Ich grübelte wieder und wieder über diesen seltsamen Charakter; ich wollte ihn erfassen, aber ich erfasste ihn nicht, sosehr ich mich anstrengte, und da seine Persönlichkeit für mich ein Rätsel blieb, beschloss ich: Er sei des Wahnsinns, einer unbekannten und äußerst bizarren Form des Wahnsinns verfallen, dennoch...

*

*   *

Wahnsinn? — Aber was heißt denn Wahnsinn?... Ein Rätsel... Nicht zuletzt werden rätselhafte, unverständliche Menschen als *Wahnsinnige* bezeichnet...

Wie vieles andere ist Wahnsinn im Kern eine Ansichtssache der Mehrheit. Das tägliche Leben besteht aus Konventionen: *dies* ist rot, *jenes* ist weiß, allein weil man sich darauf einigte, *diese* Farbe rot zu nennen und *jene* weiß. Die Mehrheit übernahm ein bestimmtes System der Konventionen: Sie besteht aus der *Masse derer, die sich ein Urteil anmaßen*...

Eine kleine Anzahl von Individuen hingegen sieht die Welt mit anderen Augen, sie gibt ihr andere Namen, denkt abweichend, stellt sich dem Leben auf andere Weise. Da sie eine Minderheit darstellt, besteht sie aus Irren...

Wäre jedoch eines Tages das Glück auf Seiten der Irren, überwöge ihre Zahl, gliche sich die Bauweise ihres Wahnsinns einander an, säßen sie an der Stelle der Vernünftigen: *In der Welt der Blinden ist der Sehende König* sagt ein Sprichwort. Ich schloss daraus: In der Welt der Irren ist der Vernünftige ein Irrer.

Mein Freund dachte nicht wie alle... Ich verstand ihn nicht: Ich nannte ihn einen Irren.

Das war alles.

VI

Eines Morgens, ich betrat Rauls Atelier, fand ich ihn ausgestreckt auf einem Diwan in Denkerpose mit einer Zeitschrift auf den Knien. Ich ging ein paar Schritte weiter, was ihn aber nicht aus seiner Meditation löste. Ich stieß ihn an der Schulter:

— Ah! Jetzt ist unser Künstler aufgewacht! Was tust du?

Raul drehte sich zu mir und wenig überrascht antwortete er:

— Nichts. Ich denke... Wie geht's dir?

— Bestens... Du denkst also... Woran? Ist es wieder ein Geheimnis?

— Nein. Ich denke über Verse nach, die ich gerade gelesen habe.

— Nicht wahr! — rief ich beeindruckt aus. — Wer hätte das gedacht?... Du liest jetzt auch... und dazu noch Gedichte... Du... der du alle Dichter Dämlacke geschimpft hast und ihre Werke dusseligen Schnulz nanntest, bloß dazu geeignet, Papier vollzukritzeln... Papier mit ihren Linien zu vergeuden, die nicht einmal eine Seite ausfüllen?... Das ist ja phänomenal!... Mit welchem Recht liest du heute Gedichte!?...

— Reiner Zufall. Als ich alte Papiere durchstöberte, fand ich ein paar Ausgaben dieser Illustrierten. Einige Blätter fielen auf den Boden. Beim Hochnehmen fiel mein Blick auf ein paar Verse. Instinktiv begann ich zu lesen. Ich begreife jetzt, warum. Ah! Mein Freund, die Lektüre dieser Verse war für mich wie eine Offenbarung. Hör doch:

— Ihr Autor? — erkundigte ich mich.

— Cesário Verde.

Er griff nach dem Papier, und mit klarer, ergriffener Stimme las er das folgende Gedicht:

IRONIAS DO DESGOSTO

»Onde é que te nasceu« — dizia-me ela às vezes —
»O horror calado e triste ...«
»Woher stammt er«, wollte sie häufiger wissen,
»Dein stiller und trister Horror vor den
      Sterbenssachen?
Warum besitzt du nicht die Verve der Franzosen
Und riechst — heimlich — an meinen Salzen in den
      Flaschen?

Warum dieser grüblerische Blick
In das Lichtlose eines Grabes und in die tiefen
      Abstraktionen,
Warum die Galle in der Brust, die kein Mitgefühl
      kennt
Für das Erschaudern einer Frau meines Formates?

Mancher hält dich für gealtert. Ha! Dein Lächeln ist
  falsch;
Aber wenn du zu lachen versuchst, nur zu, sieht es aus,
Als errichteten sie ein schwarzes Blutgerüst,
Einer stirbt, und wenn nicht, werden sie ihn richten!

Ahnst du es nicht? — den Mai zu genießen, bin ich hier,
Die von Glück getränkte Stille auf dem Lande!
Siehst du nicht — du Herzloser —, wie ich gekleidet bin,
Und den Jubel, den mir der April noch rechtzeitig
  brachte?

Siehst du nicht, die Ebene ist ganz einbalsamiert,
Und wie uns jede neue Blume Freude spendet?
Wie kannst du also konsterniert
Ein rührend entzücktes Weiß-ich-nicht behaupten?«

Ich antwortete ihr nur kurz: »Hör mich an. So, wie dein
Reden kristallklar erklingt, meinst du es so,
Wird uns die Zeit zernagen, die Zeit — die riesige
  Krake,
Bis dein geweihter Körper verfault sein wird.

Im Schmerz, der mich als
Leichentuch umhüllt, sehe ich ganz klar,
Wie dein Köpflein, geschmückt wie Rabagassens,
Nach und nach falbgrau umfällt und in Kürze
Unter brennender Sonne und Faulgas zerbersten wird!

Für jeden Seufzer gäbe ich dir ein Königreich
Und ich, der ich die Jugend und das
Flüchtige Leben schätze, ausgehöhlt,
Werde vor Kummer sterben, weil ich dein dunkles Haar
Mehr liebte als das ehrbare, greise!«*

— *Ironie des Missfallens*, ein schönes Gedicht — rief ich freudig. — Du hast es hervorragend gelesen. Ich kannte diese Gabe bei dir gar nicht…

Raul sagte kein Wort, wie verschlossen. Ich durchbrach sein Schweigen:

— Diese Verse hatten dich vorhin deprimiert, nicht wahr?

— Traurig gemacht.

— Und warum?

— Weil sie meinem Gehirn eine Idee aufzeigten, die seit Langem darin keimt. Du hörst richtig! Das Leben ist entsetzlich! Wir sind jung, wir lieben, doch jeden Tag, den wir altern, frisst uns unser Organismus mehr… Wir selbst wohnen dem langsamen Sterben unseres Körpers bei… Während wir einen glühenden Mund küssen, während wir das Fleisch eines göttlichen Körpers formen,

»Vai-nos minando o tempo, o tempo — o cancro
   enorme!…«
Wird uns die Zeit zernagen, die Zeit — diese riesige
   Krake!…

* In ILUSTRAÇÃO — einer illustrierten Zeitung, die in Paris unter der Leitung des verstorbenen Journalisten Mariano Pina erschien, N° 17, 3. Jg., vom 5. September 1886. Späterer Abdruck in: O Livro de Cesário Verde, Lisboa 1887, S. 10.

Ah! Ich hatte also einigermaßen recht, als ich mich nur noch langweilen wollte, um der *Zeit* zu ermöglichen, noch *mehr Zeit* herbeizuschaffen. Ich werde zu schwach sein, eine solch gigantische Folter zu ertragen... Das Heilmittel ist einleuchtend...

Marcela platzte in diese Situation.

— Du musst wissen — sagte ich, indem ich mich ihr zuwandte — unser Raul ist ein alter Mann geworden! Gerade habe ich ihn doch höchst nachdenklich angetroffen — rate mal worüber —, das Altern, ist das für uns drei nicht noch lange hin!? Er sagt, er habe nicht ausreichend Mut, dieses schreckliche Martyrium durchzustehen, die Lösung des Problems sei allerdings einfach... Am Ende habe ich zwischen seinen Worten noch so etwas wie einen gegen die Schläfe gerichteten Revolver herausgehört!...

Marcela antwortete lachend:

— Ah! Das verwundert mich nicht. Er ist einfach nur wahnsinnig. Seine Ideen werden immer ausgefallener... Überleg mal, vor Tagen teilte er mir mit, sein größtes Glück bestünde darin, dass ich hässlich würde... sehr hässlich... Wozu, ich weiß es nicht... Wie kann man ihm da noch helfen?...

Raul lachte ebenfalls und sagte:

— Ihr habt beide recht... Ich bin völlig plemplem. Lasst uns etwas essen.

Wir gingen an den Tisch. Während des Mittagessens sprachen wir nicht weiter über die wirren Ideen meines Freundes.

*

*   *

Obwohl ich Rauls engster Freund war und keine Woche verging, in der ich ihn nicht besuchte und an seinem Tisch mit ihm zu Mittag oder zu Abend aß, war ich mit seiner Frau kaum vertraut. Ich beschränkte mich auf banale Kommentare zu Leuten *der Gesellschaft*. Und schließlich existierte seit dem bizarren Abendessen, von dem ich berichtet habe, eine Unbehaglichkeit zwischen uns.

Eines späten Abends, als ich ihn besorgt aufsuchte, denn offenbar war der Bildhauer bei diesem inzwischen Wochen zurückliegenden Ereignis in alte Fantasien zurückgefallen, empfing mich Marcela: Ihr Mann — informierte sie mich — sei ausgegangen, um an einer Versammlung irgendeines künstlerischen Komitees teilzunehmen. Er würde sich nicht groß verspäten; eine Stunde vielleicht... Ich solle auf ihn warten, bot sie mir an. Man könne sich ja unterhalten.

Ich nahm gerne an.

Sie erkundigte sich ausgiebig nach meinem Stück, das im Theater Dona Amélia geprobt wurde. Als dieses Thema ausgeschöpft war, kam sie auf Raul zu sprechen:

— Ich weiß nicht, was er hat... Seit einiger Zeit ist er bedrückt, sehr bedrückt. Ich habe ihn zur Rede gestellt. Er antwortet ausweichend: Dass ich ihn lassen solle, dass es meine Einbildung sei, dass er nichts habe — im Gegenteil —, seine Nerven ertrügen nur die übermäßige Hitze nicht... Ah! Aber in seinen Worten ist deutlich seine Rücksichtnahme zu spüren... Er hat irgendetwas, das versichere ich Ihnen.

— Nichts, da bin ich mir sicher — beruhigte ich sie. — Raul besitzt einen höchst eigenartigen Charakter: bald bedrückt und zurückhaltend, bald fröhlich und redselig. Gegenwärtig macht er eine düstere Krise durch. Aber mit einer so wunderbaren Gefährtin an seiner Seite wird die Düsternis binnen kurzer Zeit verzogen sein...

— Manchmal — fuhr sie fort — beginnt er dann mit höchst eigenartigen Ausschweifungen! Hören Sie, vorgestern fragte er mich, so ganz ohne Vorankündigung, ob ich mich in dieser Nacht nicht noch mit ihm umbringen wolle, glücklich in seinen Armen sterben wolle!... Spielereien — sagte ich ihm —, aber mit solchen Worten spielt man nicht...

— Im Gegenteil, ich meine es ernst — entgegnete er. Sein Gesichtsausdruck war so verhärtet, der Glanz in seinen Augen so ungewöhnlich, dass mir das Lachen von den Lippen wich. Ein Frösteln überkam mich am ganzen Körper. Er wurde lauter: — Du willst nicht sterben... du begreifst mich nicht... Du bist wie alle anderen... Du liebst das Leben... Ich habe Mitleid mit dir... Ich werde nicht derjenige sein, der dich zwingen wird, dich eines anderen zu besinnen. Ich für meinen Teil — das schwöre ich dir — bin nicht bereit, irgendjemandem — nicht einmal dir — die Freiheit meiner Gedanken, meiner Taten zu opfern.

Danach schwieg er. Diese unfassbaren Wörter haben mich noch lange gequält. Ich fürchte, dass er irgendeine wirre Absicht hat. Warum, ich weiß es nicht, ich frage mich selbst, aber ich komme auf kein Motiv. Ich kenne ihn nicht mit Sorgen oder Feinden: nichts, was ihn so aufbringen könnte. Er ist glücklich. Sein strahlender Name wird überall geehrt. Was fehlt ihm?... Ich weiß es nicht... Ah! Aber ich habe Angst... habe Angst... vor ihm...

— Sie kennen seinen Charakter noch nicht — wiederholte ich. — Kein Wunder auch. Sie kennen Raul gerade etwas länger als ein Jahr. Sogar mir, der ich mit ihm seit der

Kindheit vertraut bin, ist es nicht gelungen, ihn ganz zu begreifen. Gegenwärtig blicke ich noch tiefer in ihn als Sie, Marcela. Glauben Sie mir, Sie können sich beruhigen, es gibt keinen Grund, sich bange zu machen. Wenn Sie wünschen, könnte ich ein ernstes Gespräch mit ihm führen, Sie müssten mir eine Woche geben...

— Wie ich Ihnen danke! Wie sehr ich Ihnen danke!... — rief meine Zuhörerin erleichtert und zerdrückte mir dabei fast die Hand. — Ich traute mich nicht, Sie darum zu bitten...

Marcelas schlechte Fassung gab mir zu verstehen, dass ihre Angst realer war, als ich es mir bis dahin vorgestellt hatte. Eine dunkle Angst, ohne Zweifel, so, wie alles düster war, was sie mir über meinen Freund berichtete.

— Hat er an etwas gearbeitet? — erkundigte ich mich.

— Nein. Er schließt sich in sein Atelier ein, stundenlang, aber er tut nichts...

Stille machte sich breit. Nach einer Weile nahm ich das Gespräch wieder auf, brachte aber nur irgendwelche Banalitäten heraus.

Gegen elf Uhr kam Raul zurück. Sein Gesicht zeigte eine tiefe Melancholie, eine nicht näher zu bezeichnende, gemütskranke Verstimmung: Sein Haar war in Unordnung, sein Blick fiebernd...

— Lästig, das Komitee?... — forschte ich ihn aus.

— Welches Komitee?... — fragte er, als erinnere er sich eines Traumes.

Wie nach einem Geistesblitz korrigierte er:

— Ach ja! Das Komitee... angemessen eintönig...

Er wandte sich an Marcela:

— Eine Tasse Kaffee... recht stark... Cognac...

Marcela, der man ihre Unruhe ansehen konnte, ging hinaus, um die entsprechenden Anweisungen zu geben. Sie kam mit einem Dienstmädchen zurück, das den dampfenden Kaffee und eine Karaffe Branntwein brachte.

Wortlos, eingehüllt in den Rauch einer prall gestopften Pfeife, trank der Bildhauer drei Tassen Kaffee ohne Zucker.

Marcela zog sich zurück: »Ein Stechen im Kopf«, schob sie vor. Ich und Raul blieben allein zurück.

— Weißt du — wagte ich ein Wörtchen — ich bin seit fast zwei Stunden hier... Deine Frau hatte das feine Vergnügen, mich während der gesamten Zeit zu ertragen...

Der Künstler schwieg. Ich redete weiter:

— Kaum zu glauben: Mich besuchte heute Edmundo de Noronha... Er möchte sich für dein Werk bei einer deutschen Zeitschrift verwenden, für die er schreiben wird... Er fragte bei mir nach Biografischem... Er erkundigte sich, ob du einem Interview offen gegenüberstehen würdest. Ich schreckte ihn von der Idee ab. Ich sagte ihm, du würdest auf sein Vorhaben keinen Wert legen... War das richtig?... War das richtig oder nicht?... Antwortest du nicht?... Herrje, hast du die Sprache verloren?...

— Ah! Du redest mit mir?... — raunte er.

— Sieht so aus... Hör mir zu, Raul... Ich weiß, dass es dir miserabel geht, du bist sehr bedrückt. Was hast du?

— Marcela hat sich beklagt, ich sehe schon... Was für eine Heulsuse... Kannst du mich in Ruhe lassen, ich bitte dich?... — Er zerknüllte nervös die Serviette.

— Es stimmt — antwortete ich. — Marcela hat mir von deinem seltsamen Betragen der letzten Tage erzählt. Ich habe sie beruhigt und wollte auch mich beruhigen; aber als du den Raum betreten hast, genügte mir ein Blick in dein Gesicht, um zu begreifen, dass sie recht hatte ... du erschienst übellaunig und bedrückt ... Hast nur Kaffee bestellt ... Hast die Tassen heruntergekippt ... Jetzt vergiftest du dich mit deiner Pfeife ... Kein Sterbenswörtchen von dir ... Die Leute reden mit dir; du hörst nicht hin ... Ich quetsche dich aus; du antwortest mit Mühe und als schwebe dein Geist in ätherischen Höhen ... Was hast du, rede!

— Nichts, Mann.

— Irgendwas hast du! ...

— Überhaupt nichts.

— Versuche nicht, mich zu narren. Es ist zwecklos. Bedenke, dass ich dich seit vielen Jahren kenne. Ich habe gelernt, in deinem Gesicht zu lesen ... Zum Teufel noch mal! Bin ich am Ende nicht dein Freund — dein einziger Freund, wie du es mir so oft eingestanden hast!? ... Also, wozu dann diese Geheimniskrämerei? Wozu? ... Wozu? ...

— Ich bin nicht krämerisch. Wenn es dir gefällt, jemanden auszuquetschen, suche dir einen anderen. Ich bin nicht derjenige, der dich hält! ...

Er erhob sich mit einer schroffen Bewegung; er ging auf die Tür zu, aber ich griff ihn beim Arm:

— Du entkommst mir nicht!

Ich blickte ihm in die Augen:

— Du hast doch was! Was ist es? Warum hast du vor ein paar Tagen Marcela von Selbstmord und was weiß ich noch gefaselt? ...

— Ah! Sie hat mit dir geredet — rief er mit erregter Stimme. — Ausschweifungen, das ist alles ... — er beruhigte sich. — Kennst du mich nicht?

— Viel zu gut; und darum möchte ich alles wissen. Irgendeine fixe Idee frisst dir die Gedanken; eine von diesen Ideen, wie nur du sie haben kannst... Es hat dich am Gehirn erwischt, mein armer Raul... Wir müssen das behandeln, es auskurieren...

Lange Sekunden großer Verzweiflung vergingen, bis mein Freund einlenkte:

— Bin ich also krank im Kopf?... Ja... Sehr krank... Eine entsetzliche Qual...

— Komm schon, mach dir Luft!...

— Weißt du, woher ich komme?

— Von irgendeinem Komitee...

— Ich hätte dort hingehen sollen... Aber nein... Ich bin drei Stunden in den Straßen umhergelaufen... um nachzudenken... um nachzudenken...

— Worüber?

Als hätte er mich nicht gehört, fuhr er fort:

— Du bist nicht geschaffen, meine Folterqualen zu ermessen... Das übersteigt dich... Deine Seele versteht meine nicht... weder deine noch irgendeine. Zu leben ist für mich ein Alptraum... mein Freund, ein Alptraum... Zu sterben ist für mich ein Alptraum; ein nicht so schlimmer, vielleicht... keine Ahnung... vielleicht ein größerer... Ich kann nicht leben, ich darf nicht leben... Ich will nicht sterben... Ich darf nicht sterben... Ein einziger Alptraum... nichts als ein Alptraum... Was hält mich auf dieser Welt? Dasselbe wie alle anderen, ich weiß schon... Ah! Genau das ist es, was mich so zerschmettert, was mich mit Ekel durchfährt... Ich lebe wie die anderen in Erwartung des Alters, begreifst du? In Erwartung des Todes, verstehst du?

Ich verstand kein Wort. Ich wollte ihn gerade unterbrechen, da fuhr er fort:

— Heute bin ich jung... Marcela ist jung... Wir sind schön... unsere Körper, schlank, beweglich... Unsere Lippen, glühend; unsere Organe kraftvoll... Wir lieben und wir wissen, wie... das Fleisch des einen begehrt das Fleisch des anderen; in fremdem Fleisch zuckend, erschöpft es sich, haucht es sich in Verzückung aus... Das Leben quillt aus unseren Körpern... Wir lieben uns, wir sind jung... wir sind glücklich... Aber was ist morgen?... Morgen... Schrecklich! Werden wir alt sein... das erschlaffte Fleisch wird kein Fleisch mehr begehren; oder, falls es noch begehrt, wird es sich in vergeblicher Verzückung verausgaben. Das erloschene Feuer des Lebens wird die Sinne nicht neu entfachen... Die Seele, die niemals altert, aber immer liebt, wird verlernen zu lieben und lieblos verkümmern!... Einen runzeligen, erkalteten Körper vor Augen, werde ich an denselben Körper zurückdenken, dessen Feuer einst loderte... Marmor... glühender Marmor... Ich werde Erinnerungen an betäubende Verzückungen aus abstoßenden Überresten picken. Verdursten werde ich gleich bei der Quelle, an der ich mich so oft in vollen Zügen stillte... Sich erinnern heißt sterben... Mir fehlt der Mut, so zu sterben... Feigling! Aber keinesfalls trete ich so ab!... Mich immerzu daran erinnernd, dass ich mich dieser unausweichlichen Stunde nähere und ich nicht... ich es nicht aufhalten kann, dass die Tage an mir vorüberziehen!... Ah! Mein Freund, ich bin im Kopf verdreht... ein krankes Knäuel... Nichts wird es auflösen... Wenn ich nur klar denken könnte, mich der Welt stellen könnte, wie sich alle ihr stellen... Aber ich kann es nicht... ich kann es nicht... Meine Seele ist anders als all die anderen Seelen!...

— Du bist dabei, verrückt zu werden! — gellte es aus mir, als ich, von seinen Worten verblüfft und zerschmettert, den wahnhaften Raul früherer Tage wiederentdeckte. — Stoße diese Halluzinationen fort... Lenke dich ab, arbeite... Liebe deine bezaubernde Frau... Warum marterst du dich mit diesen Gedanken, die dich notabene an den Rand des Wahnsinns bringen können?...

— Wahnsinnig werden! — raunte er zurück. — Mit einem Wort: Glück! Das ist das Heilmittel... Ein wirksameres Mittel als jenes, das ich entdeckt hatte... Denn du musst wissen, ich hatte bereits ein Mittel gegen dieses Martyrium gefunden... Wenn Marcela so dächte wie ich, wären wir alsbald glücklich... sehr bald... Wir stürben in unseren Armen... ich küsste ihren Mund... bisse ihre Brüste... Ich stürbe bei ihr... unsere Körper umschlungen... in einer höchsten Ekstase der Sinne... seelenbereit zu verglühen... Ah! Wie schön das wäre... Wir stürben romantisch, unter dem Mondschein, von Blumen umgeben, Orchideen, Rosen, vielen Rosen... Auf diese Weise würde ich liebend sterben... verzückt... Zum einsamen Sterben fehlt mir der Mut... ich habe Angst... Aber sie denkt nicht wie ich... sie denkt wie jedermann... Sie liebt das Leben... das Lebendige... das lebendige Leben... das Leben!...

Mitten in seinem Schluchzen schrie Raul mich wie von Sinnen an:

— Flehe sie an... flehe sie an, dass sie einwilligt... dass sie mich errettet aus dieser grausamen Folter... dass sie mit mir stirbt... Flehe sie an! Flehe sie an!...

— Halt den Mund! — befahl ich ihm vor Entsetzen. —
Du redest wie von Sinnen!... Halt den Mund! Halt den
Mund!... Geisteskrank bist du!...

Ich stieß ihn bis vor einen Spiegel und hieß ihn, sein verwirrtes Gesicht zu betrachten, seine hochroten, schweißnassen Wangen.

— Schau dir deine Gesichtszüge an... Sieh hin! Siehst du
sie?... Auf deiner Stirn steht Wahnsinn... Komm jetzt, beruhige dich... Das ist dieser starke Kaffee, der dir zu Kopf
steigt... Geh, leg dich hin... Schlafe... Wir werden morgen
reden...

— Du hast recht — sagte er leise, und mit bereits ruhiger
Stimme fügte er hinzu — ich gehe schlafen. Das ist jetzt das
Beste, was ich tun kann. Schlafen ist das größte Glück dieses
Lebens... Adeus! Ich werde schlafen... viel schlafen...

Er verschwand.

Wie gebannt ging ich auf die Haustür zu. Ich öffnete
und trat hinaus. Trotz der Hitze und Stickigkeit in der Luft
überwältigte mich eine glasklare Atmosphäre, umschmeichelte mich eine kühlende Brise... die mir guttat...

Denn ich war einem entsetzlichen Alptraum entkommen... einem lodernden Höllenfeuer... einem Fieberwahn...

. . . .

VII

Mein Freund war ganz entschieden zu einem schwierigen Fall geworden. Vergeblich zermarterte ich mich bei der Suche nach einem Weg, der ihm helfen könnte. Der erste Gedanke war, ihn davon zu überzeugen, einen Arzt aufzusuchen. Wie könnte ich Rauls Zustimmung bewirken?

Gedankenverloren in meine Strategien und mit diesem Ziel vor Augen suchte ich ihn am nächsten verregneten und stürmischen Nachmittag auf und traf in seinem Atelier den Bildhauer an, mit übergezogenem Arbeitskittel und gipsverschmierten Händen. Offenbar arbeitete er, was seit Langem nicht mehr der Fall gewesen war. Die nur Stunden zurückliegende Traurigkeit schien absolut verflogen; sein Gesichtsausdruck war aufgeheitert und friedlich. Ich freute mich und sagte:

— Ô joie... Sehe ich richtig, wir arbeiten?

— Ja. Eine kleine Büste ohne viel Aufhebens...

— Immerhin. Faulpelz, der du warst. Seit du verheiratet bist, hast du noch nichts produziert!

— Das stimmt, nicht mal einen Sohn.

Er kicherte und fragte:

— Na hör mal, machst du ständig, was du mir die ganze Zeit so erzählst?

— Was meinst du?

— Diese Episode schreiben oder was weiß ich, die von den berühmten Liebhabern... zwei frisch Verliebte, vor denen die ganz großen Leidenschaften defilierten: Marcus Antonius und Kleopatra, Petrarca und Laura, Camões und Natércia...

— Ah! — wiegelte ich gleichgültig ab. — Ich habe nie wieder darüber nachgedacht. Warum fragst du danach?

— Wenn du erlaubst, ich lieferte die Idee.

— Wie bitte!? Machst du jetzt auch in Poet?... — rief ich wie vom Blitz getroffen.

— Das tue ich.

— Also steht mir ein Kollege gegenüber?... Das ist hirnrissig!...

— Verzeihung. Deine Verse sind auf Papier geschrieben. Meine werden gemeißelt sein. Begreifst du?...

— Ah... du willst die Sache in einer Skulptur abhandeln?

— Volltreffer!

— Schöne Idee! Anschließend werde ich ein Poem anlässlich deiner Inspiration verfassen. Du wirst sehen, wir beiden werden ein Gespann. Erinnerst du dich? »Der Bildhauer erschafft Körper — sagtest du — der Schriftsteller erschafft Seelen...« Das Ergebnis unserer Zusammenarbeit wird das Leben sein!

— Das Leben...

Er deutete ein bitteres Lachen an, seine Gesichtszüge verkrampften sich, aber die Bitterkeit verzog sich schnell.

Schon einen Moment später beschrieb er mir in enthusiastischen Worten, was er mit seinem Werk beabsichtigte.

. . . .

Mein Freund arbeitete! Er war gerettet. Für gewisse Krankheiten stellt Arbeit eine wirksame Medizin dar.

*

*   *

Aus dem eigenartigen Werk des Raul Vilar heben sich wie Monumente einer insgesamt beeindruckenden Bilanz die Figurengruppe *Alkohol* und das Basrelief *Amor* hervor — sein Meisterwerk —, das heute einem amerikanischen Millionär gehört, einem von Soundso. Die portugiesische Regierung, stets zu jeder sinnlosen Verschwendung bereit, hatte nicht das Herz, die 70 Contos aufzubieten, die sein Vorbesitzer für dieses hinreißende Zeugnis der Kunst unseres Landes verlangt hatte.

Ein Werk dieses Ranges zu beschreiben wäre, abgesehen davon, dass es unmöglich ist, zwecklos, da jeder es spätestens seit den Reproduktionen aus sämtlichen Zeitungen und Illustrierten kennt.

Amor wurde im Pariser *Salon* des Jahres 1904 ausgestellt, dem zu Lebzeiten vorletzten *Salon*, der Künstler starb im Februar 1906.

Dieses Werk eines Ausländers zog im Nu die Aufmerksamkeit der maßgeblichen Pariser Kritiker auf sich. Große Artikel wurden ihm gewidmet. Einer proklamierte Raul Vilar zum bedeutendsten zeitgenössischen Bildhauer. Die französische L'Illustré, die eine superbe Fotogravur des

Basreliefs abdruckte, übernahm diese Adelung und setzte sie als Epigraf neben sein Konterfei.

Nach dem Erfolg von *Amor* durchlief mein Freund eine Phase fiebernder Arbeit. Von allen Seiten wurde er von Bestellungen überhäuft. Er dachte sogar daran, sich in Paris einzurichten. Aus Rücksicht auf Marcela, die sich fernab von ihrer Heimat und ihren Freundinnen betrübt hätte, nahm er Abstand von der Idee.

— Ich wüsste auch nicht, wie ich es ohne deine dummen Kommentare aushalten könnte! — erklärte er mir.

— Mir bliebe nichts anderes, als »Ihnen für Ihre großzügige Freundlichkeit zu danken« — scherzte ich.

Diese Zeit — Ende 1904 bis Mitte 1905 — wurde zur größten Schaffensphase des Künstlers.

Bis dahin war er ein genieverliebter Künstler gewesen, nun verwandelte er sich in einen wahren Profi.

Inmitten der unaufhörlichen, erstaunlichen Arbeit, so war ich der festen Überzeugung, würde er seine exzentrischen Ideen hinter sich lassen.

Er hatte nicht einmal mehr Zeit, mit mir zu reden; er vernachlässigte seine Frau. Marcela äußerte mir gegenüber mehrfach ihre Vorwürfe. Ich sagte ihr:

— Geduld... Er steckt mitten in einem Anfall von Arbeitswut. Auch diese Krise wird vergehen... wie die anderen...

. . . .

*

*   *

Es war um Weihnachten 1904, als Patrício Cruz sich nach mehreren Selbstmordversuchen und trotz permanenter Überwachung im Rilhafoles umbrachte. Es wird immer ein Geheimnis bleiben, wieso es zu diesem letzten Akt kam, vermutlich hatte er herausgefunden, dass sein der Öffentlichkeit *vorenthaltenes Werk* nicht über eine Lachnummer hinausgekommen war.

Die Meldung kam für mich wirklich überraschend, umso mehr, da ich Patrício, der kurz vor seiner Entlassung aus dem Irrenhaus stand, für vollständig von seiner bizarren Wahnvorstellung geheilt glaubte.

Als Raul von dem Vorfall Kenntnis bekam, quetschte er mich nach Einzelheiten aus. Diese knappe halbe Stunde, die er sich Zeit für mich nahm, war die einzige im Verlauf seiner arbeitswütigen Phase.

Nachdem ich ihm alles berichtet hatte, was ich wusste, fragte er mich:

— Was ist deine Meinung zu Patrício? Ein Irrer?...

— Aber natürlich — bestätigte ich. — Wer könnte das bezweifeln?

— Ich.

— Du?

— Ja, ich.

— Worauf stützt du deine Zweifel?

— Auf nichts. Irgendeine Eingebung sagt mir das. Ihr alle und die Ärzte; was ihr Wahnsinn nennt, ihr macht euch etwas vor. Euer Geist ist zu eingeschränkt, um zu verstehen, was nicht Allgemeinplatz ist... passt nicht in eure kleinen vulgären Köpfchen.

Sollte Raul etwa von einer neuen Welle seiner Wahn-vorstellung überrollt werden?, fragte ich mich. Wollte er etwa von sich behaupten, das *Organ des sechsten Sinnes* zu besitzen?

Tage später beruhigte ich mich jedoch. Der Bildhauer war zu seinem Arbeitsfieber zurückgekehrt.

Wenn ich von dieser Episode berichte, die man getrost für überlesenswert halten könnte, so, weil sie verbildlicht, dass selbst in solchen Zeiträumen, in denen mein Freund von jeglicher Exzentrizität des Geistes befreit und er nur um seine Kunst besorgt schien, schnell kleinste Nichtigkei-ten auf das frühere nebulöse, unverständliche Hirn deute-ten...

Heute begreife ich die Abläufe. Damals maß ich diesem Detail keine Bedeutung zu. Ich blieb aufs Vollkommenste beruhigt. Rauls wiedererlangte geistige Vollmacht bot mir keinen Anlass zur Unruhe.

VIII

Von jetzt an wendet sich die Tragödie dieser Seele, das Studium der Etappen bis hin zum Finale gegen eine einfache Darstellung. Winzigkeiten, die auf den ersten Blick bedeutungslos schienen; spätestens heute werde ich mir ihrer bewusst; bruchstückhafte Erinnerung, ein Wort hier, eine Bemerkung dort; allem voran einige Seiten — Fragmente einer Art losen Tagebuchs —, die ich unter den Papieren meines unglücklichen Freundes fand und die mich von nun an bei der Rekonstruktion der Ereignisse unterstützen werden. Wie ich vermutet hatte, lag ich nicht weit von der Wahrheit entfernt.

*
*   *

Raul brauchte für die Erstellung seiner Werke Modelle. Seine *Aphrodite* entstand etwa vor Luísa Vaz, die ihm nackt Modell stand und die als das einst berühmteste Geschöpf Lissabons damals ihre beste Zeit hinter sich hatte.

Als Laienschauspielerin, die auf Märkten begann, sang sie unanständige Texte. Von dort kam sie ans Teatro Avenida, wo man dank ihrer schwindelerregenden Figur Notiz von ihr nahm. Die Zeitungen hatten von ihr berichtet — die Fäden im Hintergrund zog dabei ein ihr verfallener Kritiker einer politischen Gazette —, und es war nicht verwunderlich, dass man binnen Kurzem ihretwegen ins Avenida ging.

Mit der Auftaktrevue der neuen Spielzeit wuchs ihr Erfolg.

Damals suchte Raul ein Modell, ohne eines zu finden, das ihn völlig zufriedenstellte. Als er diesen unerquicklichen Umstand gegenüber Edmundo de Noronha erwähnte, erinnerte sich der Kritiker an Luísa. Er nahm ihn mit ins Theater und machte das *Sternchen* mit ihm bekannt. In der Annahme, es sei eine Reklame der besonderen Art, akzeptierte Luísa Vaz begeistert seinen Antrag.

Der Bildhauer verbarg die Tatsache nicht vor seiner Frau. Da es ihm schien, dass sie die Neuigkeit nicht gleichgültig aufnahm, forschte er nach:

— Warum regst du dich auf? Möchtest du nicht, dass ich arbeite? Bist du eifersüchtig?... Ah... ah... Ein Modell ist ein lebloses Mannequin... Nur ein *Ding*... ein hübsches Ding, da hast du recht.

— Sie ist kein Modell.

— Was ist sie dann?

— Eine Schauspielerin.

— Na und... na und — erwiderte Raul. — Was macht das schon?

— Viel. Ich stand dir bereits einmal Modell, und ich erinnere mich bestens, dass ich für dich nicht bloß *ein einfaches Modell* war...

— Welch Wunder! Ich liebe dich... du bist mein süße Zierde... die anderen... pf!... — tönte er.

Überzeugt oder nicht, Marcela gab nach. Raul begann mit Luísa zu arbeiten.

Seine Absichten wären rein künstlerischer Natur gewesen; wäre er nicht auch ein Mann... Will heißen, mein Freund besaß keine Standhaftigkeit, die Provokationen des verdorbenen Mädchens zurückzuweisen. Ihr Fleisch pochte, und — bloß fleischlich — liebte er die hinreißende Schauspielelevin. Wie in einem Rausch der Sinne vernaschte er sie auf den Diwanen, auf denen er sonst Marcelas Körper geliebt hatte. Entsetzt über das »Sakrileg«, hatte er sofort entschieden, es nicht zu wiederholen, aber... Das ewige *Aber*: Das Fleisch ist schwach...

Nach einer halben Stunde des Modellierens für *Aphrodite* gingen sie zur Liebe über, falls man die ausgedehnten Übungen ausgefeilter Untugenden Liebe nennen kann. Er sagte ihr:

— Ich möchte, dass du mich liebst, wie ich dich liebe... Mit deinem ganzen Körper: Mit den Händen... mit den Armen... mit dem Mund...

Und auf diese Weise liebten sie sich tatsächlich... hauptsächlich mit dem Mund...

Er sah zu, dass diese Geschichte mit dem Abschluss der Statue endete. Befreit von zwanghafter Intimität, enthielt Raul sich der Fortsetzung; übrigens zum großen Missfallen des Modells.

Aphrodite ist ein Werk des Schöpfers von *Alkohol*, was gleichsam bedeutet: Ein Meisterwerk: Obwohl, unter all den anderen, das vielleicht am wenigsten beachtete. Die Statue ist kraftvoll, klassisch, makellos; aber genau deshalb offenbart sich an ihr das Genie nicht in gewohnter Fülle.

Ich sah, wie Marcela ihre allseitige Fröhlichkeit ablegte: Ihre Lippen waren blass, ihre Augen überanstrengt, mit Anzeichen von Tränen, Anzeichen irgendeiner Verstimmung. Ich erwartete, dass sie mich ins Vertrauen zöge, wie sie es einmal bereits getan hatte. Sie schwieg. Ich entschied mich, auf sie zuzugehen. Sie wiegelte indirekt ab. Ich insistierte nicht weiter.

Später erkannte ich die Gründe für ihre Traurigkeit. Marcela hatte Rauls Verhältnis mit Luísa entdeckt. Erstmals kam es zwischen den Eheleuten zu einer Szene. Raul, der das Maß überschritten hatte, wies alles von sich, anfangs. Aber einen Gedankengang weiter hatte er schluchzend um Verzeihung gebettelt, schwor er schon ewige Reue... Was immer er verlangte, er erhielt es...

*

*   *

Der Bildhauer arbeitete weiter, er benötigte neue Modelle. Luísa war unterdessen verbannt worden. Tatsächlich war sie kurz nach der Trennung daselbst am Arm eines blutleeren Vicomtes do Avelanal nach Frankreich emigriert und musste es geschehen lassen, dass dieser abseits in Davos schwindsüchtig verstarb. Die arme Luisinha blieb in Paris. Brave Patrioten dürfen ihr gegenwärtig in der Revue *Marigny* zuapplaudieren, wo sie — unter dem Namen »Mlle. Hydxawkitch, la belle Indienne« — leicht bekleidet frei erfundene orientalische Tänze darbietet...

Marcela lebte ungeachtet dessen in kontinuierlichem Misstrauen. Ihr »Liebling« hatte sie schon einmal betrogen. Es wäre nicht ungewöhnlich, wenn er dabei bliebe... Das

Auskommen und das Glück früherer Zeiten waren in diesen Tagen von dunklen Wolken überschattet.

Wenn Raul in sein Atelier ging, hatte dies für Marcela, die ihn früher zur Arbeit antrieb, einen bitteren Beigeschmack:

— Du liebst mich nicht mehr — warf sie ihm an den Kopf — du gehst mir aus dem Weg, so sieht es aus... du langweilst dich bei mir...

— Du Närrin! — regte er sich auf. — Ich liebe dich... Ich liebe dich wie nie zuvor...

— Ich glaube dir nicht. Du hast mich schon einmal angelogen. Nichts sagt mir, dass du heute die Wahrheit sagst.

— Ah! Marcela... Marcela — schluchzte Raul inbrünstig — du musst mir glauben!... Eines Tages werde ich es dir beweisen, und du wirst es verstehen... Ich weiß noch nicht, wie, aber ich schwöre, es wird dich überzeugen!... Es wird der größte... der bei Weitem größte Beweis der Liebe sein!...

Das Misstrauen einer Südländerin im Blut, spionierte sie hinter ihrem Mann her. Und da sie ihn nicht auf Abwegen fand, frischte ihre Liebe auf. Mit dem Vertrauen kehrten das frühere Glück und die Fröhlichkeit zurück...

. . . .

Raul arbeitete rund um die Uhr. »Er ist geheilt, kein Zweifel«, dachte ich bei mir. Seine exzentrischen Macken gerieten in Vergessenheit.

Sein Charakter wandelte sich, wurde allem Anschein nach fröhlich und ausgeglichen.

Wie ich mich täuschte... Wie ich mich täuschte...

IX

Einige Monate waren vergangen. Mein Freund ließ ein weiteres Mal unvermittelt von seiner Kunst ab, ich begriff, um sich ausschließlich dem göttlichen Marmor von Marcelas Körper hinzugeben.

Er war aus Lissabon geflohen und versteckte sich in einem hübschen Häuschen, das er in der Nähe von Colares besaß. Eines Tages erhielt ich einen Brief. Dass ich mit ihm speisen möge, schrieb er darin. Mit großem Erstaunen traf ich Raul so umnachtet und mysteriös wie in vergangenen Zeiten an. Seine Frau war im Gegenteil überglücklich.

Wir speisten zu Abend. Ich begriff, dass ich besser erst am nächsten Sonntag in die Hauptstadt zurückkehren sollte. Nach dem Mahl wollte Raul mit mir spazieren gehen. Marcela blieb im Haus.

Die Nacht war angebrochen, eine laue, sternenklare Nacht, schwarz, ohne Mondlicht.

Mein Freund führt mich zur Landstraße von Praia das Maçãs. Die Stille war überwältigend. Nur einen Moment lang wurde die Abgeschiedenheit durch die letzte Elektrische der Linie »Sintra ao Oceano« gestört.

Plötzlich packte mich der Bildhauer, der bis dahin nur in Fragmenten geredet hatte, heftig am Arm und fuhr mich barsch an:

— Ah! Du machst dir keine Vorstellung, wie unglücklich ich bin... nicht ansatzweise...

— Unglücklich, wieso? — fragte ich nach.

— Aus vielen Gründen.

— Benenne sie.

Er antworte nicht sofort. Nachdem Minuten verstrichen waren, schien es, als folge er — redend — einem Parcours seiner unausgesprochenen Gedanken:

— Es ist schrecklich... Marcela glaubte mir nicht... Ich habe sie schließlich einmal belogen... ich hätte sie mehrfach belügen können... Heute sagt sie, sie glaube mir... Aber ich zweifle... Warum sollte sie mir glauben? Ich habe es ihr nicht bewiesen... *Bis jetzt habe ich ihr den Beweis nicht erbracht*...

— Teufel noch eins! — gebot ich ihm Einhalt. — Was willst du mit diesem dummen Geschwätz! Über welchen Zweifel zerbrichst du dir den Kopf? Was glaubt deine Frau dir nicht?...

— Meine Liebe.

— Idiot! — rief ich aufgeschreckt.

Er schilderte mir im Folgenden haarklein seine Techtelmechtel mit Luísa Vaz und Marcelas Eifersucht auf sie.

— Kindereien! — beruhigte ich ihn. — Sie liebt dich; sie hat das alles längst vergessen. Siehst du nicht, wie das Glück ihre Augen und ihr ganzes Gesicht strahlen lassen? Wie enthemmt ihr helles Lachen ist?...

— Eben diese Fröhlichkeit martert mich am meisten. Ich weiß nicht, ob sie vorgetäuscht ist. Sie liebt mich, trotzdem misstraut sie mir. Vielleicht stellt sie sich fröhlich, um meine Traurigkeit zu verjagen.

— Dummkopf! — wetterte ich. — Marcela hat nicht den blassesten Schimmer von deinen romantischen Tyranneien. Berauscht von dem Abenteuer, dich wieder ganz für sich zu haben, denkt sie nur an deine Küsse...

— Möglich... Aber ich weiß es nicht sicher... ich weiß es nicht... Es existiert ein anderer, weit bittrer Verdacht... weitaus bittrer, der ganze Kopf dreht sich, er zerreißt mich... Sie sagte zum Beispiel: »An dem Tag, an dem du mich betrügst, werde ich dich betrügen: Das ist die Strafe der Vergeltung, mein Schatz...« Sie weiß, dass ich sie betrogen habe... dass ich eine Geliebte hatte... Könnte sie sich gerächt haben? Ah! Sie hat sich bestimmt gerächt... alle Frauen sind rachsüchtig... Ihre Fröhlichkeit kommt von der Rache. Ich floh, ich kam hierhin, um allein zu sein, darum...

— Warum in Herrgotts Namen schmollst du, spielst hier den Eifersüchtigen? — schrie ich ihn an. — Du hast den Mist angestellt, und jetzt beklagst du andere... Pfui... Widerlich...

— Eifersüchtig? Ja... ich bin eifersüchtig gewesen... sehr eifersüchtig... Vor allem auf dich. Du bist mein bester Freund... und *das* passiert immer mit den besten Freunden...

Ich hielt ihm seinen schmutzigen Mund zu:

— Überlege dir, was du sagst, klar!?

— Verzeih mir... verzeih mir — flehte er mich an. — Ich bin maßlos unglücklich... maßlos unglücklich... Sie ist so maßlos schön... Alle begehren sie... sie ziehen sie mit den Blicken aus... Sie stellen sich ihre Küsse vor... ihren Körper... ihren Körper...

— Halt jetzt den Mund, du Dämlack! — befahl ich. — Marcela ist eine höchst ehrenwerte Frau. Diffamiere sie nicht... Sie liebt dich sehr. Das ist die beste Sicherheit...

— Und ich?... Liebe ich sie nicht?... Ah! Niemand weiß, wie sehr ich sie liebe... Trotzdem...

Endlich verstand ich, worauf er hinauswollte, und unterbrach ihn:

— Es war reiner Zufall... ein Taumel, von kurzer Dauer, einfach erklärbar, ein Fehltritt...

— Sie ist so maßlos schön... so maßlos schön — salbaderte er, ohne mir zuzuhören.

— Oh Mann, willst du wie Othello enden? — fuhr ich fort — und übrigens, wenn ich mich recht entsinne, du selbst hast früher die Eifersucht als die größte menschliche Dummheit bezeichnet...

— Damals liebte ich nicht; heute liebe ich.

Das war ein Argument: ich suchte einen anderen Weg:

— Mein armer Freund, der Wahnsinn ist dir doch zu Kopf gestiegen. Jedes Wort von dir heute ist Wahnsinn. Marcela liebt dich, sie hat dir verziehen. Also liebe sie auch, und ihr werdet glücklich... habt viele Kinder...

—Wenn ich nur wüsste, wie — grummelte er vor sich hin — wenn ich nur wüsste, wie ich ihr meine Liebe beweisen könnte... Aber mir fällt nichts ein... mir fällt nichts ein... ich versprach ihr den *größten Beweis der Liebe*... ich habe mein Versprechen nicht gehalten. Es ist fürchterlich... die Wahrheit beweisen zu wollen und es nicht zu können... nicht dazu in der Lage zu sein...

— Hör zu, mein Freund, der beste Beweis, den du ihr erbringen kannst, ist das Ende deiner manischen Grübelei. Das Glück liegt dir doch zu Füßen. Alles, was du an dieser

Stelle dazu gesagt hast, ist der helle Wahnsinn, das waren deine Worte.

Er zündete sich eine Zigarre an und mit herzzerreißend melancholischer, belegter Stimme fügte er hinzu:

— Das ist nicht das Einzige, worunter ich leide, nein... heute entriss ich mir ein weißes Haar. Das ist das Alter... das »Ende«, das sich ankündigt... Leben, um zu sterben... Ah! Wie entsetzlich es ist... wie entsetzlich... Die Zeit schreitet mit solcher Eile, in einer Sekunde schreitet sie um eine weitere Sekunde voran; in einer Minute eine weitere Minute; in einer Stunde eine weitere Stunde. Das ist abscheulich!... Sie ist dabei, uns in jeder Sekunde zu zerstören... unaufhörlich... unerbittlich...

— »Die Zeit... die Zeit... dieser riesige Krake« — rezitierte ich ironisch in Erinnerung an die Worte des Dichters.

— Ich bin ein Unglücksmensch... Ein großer Unglücksmensch, glaube mir...

— Ich bedauere dich nicht. Ich beneide dich.

Wir schwiegen. Mein Freund, dachte ich während der Stille, macht eine neue Krise durch. Ich hatte mich zu früh über seine Heilung gefreut. Ein Arzt musste her.

Aber dann redete Raul plötzlich ohne Punkt und Komma, völlig gelöst. Er erkundigte sich nach meinen Projekten, informierte sich über meinen neuen Roman. Freundlich und ausgeglichen plauderten wir nahezu eine Stunde.

Wir kehrten nach Hause zurück; es gab noch »Tee und Torradas«.

Ich ging zu Bett und schlief ein. Traumlos erwachte ich beim Gezwitscher eines Dompfaffs, ein wunderbarer sonniger Morgen war angebrochen.

Wie aus dem Nichts trat mein Freund auf mich zu und presste fest meine Hand:

— Ich weiß jetzt!

— Was? — fragte ich überrascht.

— Das Mittel, um ihr meine Liebe zu beweisen... die Zeit anzuhalten... glücklich zu werden... sehr glücklich... für immer...

— Und welches ist dieses *Mittel*? — fragte ich.

— Das darf ich dir nicht sagen.

— Sag nicht... Lass mich lachen... lass mich lachen...

— Lache ruhig — erwiderte er. — Ah! Du verstehst mich auch nicht... nichts verstehst du... Vielleicht lachst du nachher nicht mehr... Ich werde lachen... ich werde glücklich sein... glücklich... Gibt es noch etwas Besseres?...

Angesichts dieser unverständlichen, wirren Worte überkam mich ein Schaudern. Welche neuen Hirngespinste wird er sich ausgedacht haben?, fragte ich mich beunruhigt.

Doch übersprudelnd vor Jugend, feierlich und lachend, rief Marcela zum Frühstück:

— Die Köchin heute war ich — erklärte sie.

— Ein Essen wie für die Götter werden wir bekommen — schmeichelte ich.

Die Minuten am Frühstückstisch waren fröhlich, Raul — vermutlich glücklich über seine *Entdeckung* — verlor seine Melancholie: Er redete und kicherte mit uns.

Eintagsfliege, Albernheit — bildete ich mir ein: Und drei Tage später, als ich mich am Bahnhof von Sintra verabschiedete, hatte ich seine Anfälle bereits vergessen.

X

Im November waren sie nach Lissabon zurückgekehrt. Die Traurigkeit meines Freundes hatte sich aufgelöst. Der Anfall von Arbeitswut hatte sich gelegt. Die ganze Szenerie lag in perfektem Gleichgewicht.

Bei Marcela zeigte sich, fröhlich und sorglos, wie sie war, nicht die geringste Spur einer Erinnerung an die zeitweilige Geliebte, sie strahlte Liebreiz und Glück aus. Kurzum, alles schien in bester Ordnung...

. . . .

Es war eine Katastrophe.

Wenn sich eine wirre Idee in einem kranken Hirn einnistet, wird sie ihre Eroberung nur zu einem hohen Preis aufgeben. Darauf war ich bei all den Gedanken nicht gekommen; dieser Gedanke ist aber zwangsläufig.

Raul konnte sich, befreit von seinen Wahnvorstellungen, gelöst und aufgeschlossen zeigen, weil er mehr denn je sich von ihnen hatte überwuchern lassen. Das belegen auf präzise Weise die Tagebucheinträge, die sich in dieser Periode angehäuft haben: bizarre, nebulöse, überwiegend unleserliche Einträge. Hier ein Auszug daraus: wörtlich:

Ich schlafe, meint sie... Ich schlafe nicht. Ich schreibe. Ich kann nicht schlafen. Sie schläft. Ist sie glücklich? Ich kann es nicht wissen...

Das Leben... als sie erfunden wurde, die Natur — Gott, der Erschaffer, wenn man so will — kämpfte gegen die größten Widrigkeiten. Er unterlag. Oh! Nein... nicht...

. . . .

Wie formt man ein einzelnes Wesen? Mit Lust... Leben erzeugen ist eine Pflicht... eine köstliche, folglich verwerfliche. Die Natur begriff, niemand würde grundlos Leben erzeugen... aus Genuss... Nur so kommt es zustande... nur so...

. . . .

Die Aufgabe war vertrackt, komplex; so vertrackt, dass Gott sie nicht vereinfachen konnte... Weder konnte er... noch wusste er, wie. Das Kind, wenn es auf die Welt kommt, quält die Mutter... bringt sie oft um... es lacht nicht, wenn es auf die Welt kommt... Lacht nicht... weint... schreit...

. . . .

Ich lebe. Ich habe niemals Leben erzeugt. Ich war besser beraten, ich genoss...

. . . .

Fortpflanzung ist eine Verderbnis: Sie erzeugt Unglücksmenschen. Totschlag ist ein Verbrechen, sagt das Gesetz. Ein weitaus größeres Verbrechen ist es, Mörder großzuziehen.

. . . .

Der Nachkomme sollte seine Eltern verfluchen. Sie verurteilten ihn zur Existenz ... zur ewigen Folter ...

. . . .

Nur eines ist schlimmer als das Leben; das ist der endgültige Tod.

. . . .

Wäre die Menschheit intelligent und widerstünde sie, würde sie mit dem Modell Mensch aufhören. Mit dem höchsten Glück! Mit der wahnwitzigen Überlegenheit! Sie würde beweisen, dass sie mehr Kraft als der Erschaffer hat: Sie würde sein beleidigendes Werk zerstören.

Aber niemand möchte die Sinne beherrschen; wenn man die Sinne beherrscht, verschwindet das Reich der Heuchler ...

. . . .

Der Tod war die Belohnung für das Leben. Die alles vereitelnden Menschen hatten auch die Belohnung vereitelt: Sie erfanden die Seele, das infernalische und himmlische Unvergängnis.

. . . .

Man begreift nur das Begreifliche. Das Universum ist für den Menschen unbegreiflich. Deshalb bewundern sie es, erstarren sie wie Idioten angesichts dieser verdörrten »Herrlichkeit« ...

. . . .

Das Leben erzeugt Schmerzen. Und der Tod?

. . . .

Meine Liebe, ich muss sie beweisen. Sie ist das Erhabene, nicht zu Täuschende. Ich werde mich über alle erheben. Ein Genie? Ein Geisteskranker... ein Frevler!!! Ah!... Ah!!...

. . . .

Bald. Der größte Beweis der Liebe... der größte Beweis der Liebe...

. . . .

Wenn ich kein Mensch wäre... hey! Wenn ich keiner wäre...

Diese Zeilen wählte ich willkürlich und nur zur Verdeutlichung aus. Ein Sinn ist darin nicht zu entschlüsseln; eine Reihenfolge ist nicht zu erkennen, zerfahren das Ganze; ständige Ausradierungen und Neuanfänge. Die Hinweise auf »den größten Beweis der Liebe« nehmen auf anderen Seiten an Umfang und Heftigkeit der Verwirrung zu.

*
* *

Die Ereignisse überschlugen sich.

Eines Morgens, Raul hatte sich überschwänglich, wie man es von ihm selten kannte, an unserer fröhlichen und schäkernden Unterhaltung beteiligt, wandte er sich nach Beendigung des Frühstücks an seine Frau und grätzte:

— Morgen ist der Tag. Morgen wirst du endlich überzeugt sein... wirst du mir glauben...

— Dir glauben? An was glauben?...

— An meine Liebe.

— Zweifle ich denn an ihr, mein süßer Verrückter? — Sie liebkoste seine Hand mit einer geheimen Geste.

— Ich versprach den Beweis. Ich habe mein Versprechen noch nicht gehalten. Morgen werde ich es tun.

— Du jagst mir einen Schrecken ein... Hast du gerade wieder deine Sondermomente?

— Kein Grund zum Erschrecken, das schwöre ich dir. Wir werden sehr... sehr glücklich sein... Du kannst es dir nicht vorstellen...

Seine Augen erglänzten. Seine Lippen schlürften, brutal aufgepresst auf Marcelas Mund, einen Kuss ab.

Die Wiedergabe dieser Szene folgt bereits den Einträgen des Tagebuchs. In der Tat hatte der Bildhauer an diesem Tag mit den Details seines Vorhabens fast zwei ganze Blöcke bekritzelt.

*

*   *

Am Abend vor seinem Selbstmord war Raul, der sich den ganzen frühen Abend in sein Atelier zurückgezogen hatte, sehr heiter. Ich aß mit ihm zu Abend.

Ohne jegliche Anspielung auf das Gespräch sagte er zwischendurch an Marcela gerichtet:

— Heute gehen wir erst sehr spät zu Bett... sehr spät... Stimmt's, Liebling?

— Wann immer du willst... — lachte sie andeutungsvoll zurück.

Ich machte ebenfalls ein freudiges Gesicht, denn ich hatte eine »Liebesnacht« verstanden; frühzeitig verabschiedete ich mich daher diskret.

Gegen ein Uhr in der Nacht, die Angestellten waren schon zu Bett gegangen, führte Raul Marcela ins Atelier. Bevor er eintrat, erkundigte er sich:

— Weißt du, was wir tun werden?

Und ob sie es ahnte... Dort hatten sie die köstlichsten Momente ihres Lebens erlebt... Dort erinnerte sie jedes Möbelstück, jeder Gegenstand an einen Kuss, eine zärtliche Berührung, eine stürmische Umarmung... Wie sollte sie nicht vorhersehen, was sie jetzt taten... wie es nicht ahnen...

Raul stieß die Tür auf. Marcela stieß vor Überraschung einen Schrei aus. Der Saal war üppig ausgeleuchtet; Blumen allenthalben, der schwere goldfarbene Samtvorhang war zugezogen.

Er forderte sie auf, einzutreten. Er schloss hinter sich die Tür; er schob sie zum Sofa, kniete vor ihr nieder und sprach feierlich:

— Der Moment ist gekommen. Du wirst mir gleich glauben... Ich werde dich gleich von der über-menschlichen Großartigkeit meiner Liebe überzeugen!... Höre mich an: Man liebt keine Greisin... keine kranke Kreatur... keine ungestalte Kreatur... Die Liebe, die für die meisten ein Gefühl zu sein hat, das aus der Tiefe der Seele entspringt, entspringt in Wirklichkeit aus den Sinnen. Man liebt sich, weil zu lieben befriedigt... Wir flüchten uns in den Schwall eines klebrigen, schändlichen Saftes... Die Liebe ist eine Zerstreuung... wie das Theater... wie die kirchlichen Feste... Man liebt eine Frau, weil sie hübsch ist... wegen ihrer Haare, ihrer Augen, ihres Mundes... um ihres Körpers willen... Man kann eine ungestalte Frau um ihrer verwirrten, perversen

Verdorbenheit willen lieben... Ah! Aber niemand liebt einen ausgebrannten Körper, einen erschlafften und abstoßenden Körper; niemand küsst ein Gesicht ohne Nase... küsst ein erblindetes Auge, küsst schrumpelige, fies vernarbte Lippen... Nun gut! Wärest du blind, wäre dein Körper eine einzige offene Wunde, ich liebte dich, wie ich dich immer liebte... ich liebte dich sogar noch mehr... Ja! Marcela, ich liebe dich über alles!... Ah! Ich liebe deine Küsse... dein Fleisch... ich liebe es, mit meinen Beinen deine zu umschlingen... Aber was heißt das schon, gar nichts!? Was ich wirklich liebe, ist deine Seele, und wäre dein Körper hässlich, bliebe sie immer schön... immer werde ich sie lieben... immer... immer!... Du glaubst nicht daran... du glaubst meiner so starken Liebe nicht... Ich werde dir beweisen, dass ich nicht lüge... Ich werde dir *den größten Beweis der Liebe erbringen*... Küss mich... gib mir deinen Mund... ich will mich ermutigen... ich brauche viel Mut... Hör mir zu, begreife mich und habe keine Angst: Ich werde das Meisterwerk deines Gesichts zerstören... es in eine einzige scheußlich Narbe verwandeln, in dem man kein Gesicht mehr erkennt... ohne Augen... ohne Lippen... Ich werde deine Brüste verätzen... für immer die makellose Blässe deines Fleisches besudeln... Und derart werde ich dich, abstoßendes Monster, fortan lieben, werde ich dich anhimmeln, weil alle Zeit für das Antlitz deiner Seele bleiben wird... deine kleine geliebte Seele... Hab keine Angst... schreie nicht... schreie nicht... Du wirst sehr glücklich sein... Wir werden sehr glücklich sein... Von heute an wird kein Wölkchen den blauen Himmel unseres Lebens trüben... Ich werde die Zeit nicht mehr fürchten... Die Zeit lässt keinen wundbrandigen Körper altern...

der Tod entstellt ihn nicht... Wie auch immer die Jahre vergehen... komme der Tod... Nichts wird uns beängstigen... nichts... Sieh... Siehst du, wie wir glücklich sein werden?...

Vom Delirium seines Wahnsinn geblendet, rannte er auf ein Bord zu... er ergriff eine Karaffe...

Marcela, die, anfangs vor Schreck erstarrt, noch nicht begriffen hatte, versuchte nun zu entkommen, rannte zur Tür, weinte und schrie...

Raul stellte sich ihr bei der Tür in den Weg und stieß hervor:

— Fliehe nicht... weine nicht... Dies ist Vitriol... Ich werde es in dein Gesicht schleudern... es über deinen ganzen Körper gießen... Ich werde *deinen Körper töten, um die Seele lebendiger zu machen*... Ich gebe dir die Ewigkeit... ich werde die Zeit anhalten... Warte... schrei nicht... habe keine Angst... es bereitet keinen Schmerzen... es bereitet keine Schmerzen... Und selbst wenn es schmerzte... Es geschieht zu deinem Glück... zu deinem großen Glück...

Verzweifelt und mit einem Kraftakt konnte die verängstigte Marcela sich ihm entreißen. Raul bekam sie schließlich zu packen. Seinen Wahn herausbrüllend, erhob er seinen Arm, um sie mit der Flüssigkeit zu überschütten:

— Miststück! Du bist wie alle anderen... Du liebst es, schön zu sein... du machst den Kerlen gerne schöne Augen... Du Hure... Hure!... Ich werde deine Schönheit zunichtemachen... du wirst grässlich aussehen... Alle werden vor dir fliehen... niemand wird dich mehr begehren... aber ich, ich begehre dich... ich liebe dich... Meine Geliebte... Meine Geliebte!...

Mit höchster Wucht rammte Marcela ihre Zähne in die Hand, in der er die Karaffe hielt. Der Schmerz war so groß, dass Raul sie fallen ließ. Sie stürzte zu Boden, wo sie weder zerbrach noch auslief.

Marcela konnte durch die Tür entkommen und floh.

Der Bildhauer, bewegungslos über den Boden gebeugt, folgte ihr nicht. Mit aufgerissenen Augen und zerzaustem Haar schaute er wie ein Schlafwandler in den Flur, durch den Marcela verschwunden war... er hörte ihre ohrenbetäubenden Schreie...

Geweckt von diesem Lärm, kamen die Angestellten überstürzt heruntergeeilt. Als Raul die Schritte hörte, entfloh er eine Sekunde aus seiner Geistesabwesenheit; er heulte in einem gellenden Schrei auf... da ergriff er die Karaffe... setzte sie an... leerte sie gierig in einem Zug.

Als die Angestellten das Atelier betraten, fanden sie ihn röchelnd, sich in einem schrecklichen Todeskampf windend, zuckend vor reißenden Schmerzen in seiner Brust, zuckend vor Brennen seiner Eingeweide, die die tödliche Flüssigkeit verätzt hatte...

. . . .

Marcela war wegen eines Nervenzusammenbruchs dem Tode nah, man glaubte, sie könne den Verstand verlieren. Heute lebt sie glücklich. Sie baute ihr Leben neu auf, heiratete wieder, ist Mutter von hübschen Zwillingen. Sie lebt in Rom. Ihr Mann ist erster Sekretär unserer dortigen Gesandtschaft.

Sie war immer ein tapferes Kind. Tapfere Kinder verdrängen alles... ohne Zeit zu verlieren...

. . . .

Ich bin am Ende der Geschichte angekommen. Das Unerklärliche zu erklären ist mir offenbar nicht gelungen. Aus diesem Grunde enthalte ich mich auch einem Urteil. Wer jene liest, möge es nach seinem Belieben treffen. Einzig gebe ich zu bedenken, er möge, bevor er ausruft: »Raul Vilar war ein Irrer... bei Wahnsinn, welche Schlüsse kann ich schon ziehen?...«, etwas genauer darüber nachdenken, wovon die Worte berichtet haben.

Ich, meinerseits sage nur:

Raul fürchtete sich vor der Zeit. Sie war eine der zwei Obsessionen, die seinen Charakter prägten. Ah! Wie untröstlich ist in Wirklichkeit der Gedanke: *Heute ist der 26. Juni 1910 — niemals werde ich einen Tag wie diesen erleben, niemals werde ich wiederholen, was ich heute tat... Eine Sekunde wiederholt sich nicht in hunderttausend Jahren!...*

Raul wollte seine Liebe beweisen. Deshalb plante er ein Verbrechen. Gewiss wird ihn jeder verurteilen. Es wird hingegen niemand abstreiten können, dass sein *Beweis*, trotz eines erbarmungslosen Egoismus, nicht der unschlüssigste gewesen wäre, *der größte Beweis der Liebe*, wie er ihn nannte.

»Man liebt nur aus Interesse. Man liebt keinen unförmigen Körper.« Er kam in den Besitz einer idealen Kreatur; er hätte ihre Schönheit allerdings restlos zerstört. Seine Liebe wäre nicht weniger geworden... im Gegenteil: Wäre ihr Körper gestorben, hätte er die Seele mit nichts als seiner Seele geliebt.

Aus all dem spricht der Wahnsinn, dessen bin ich mir bewusst. Nur im Gehirn eines Irrsinnigen können solche Gedanken geboren werden. Wir, die »Vernunftmenschen«, haben solche Gedanken nicht, und wir haben viele Gedanken nicht, weil wir das Leben so akzeptieren, wie es ist, wie wir uns darauf einigen, dass dies das Leben sei; weil wir uns in ihm eingerichtet haben... Raul richtete sich nicht in ihm ein. Er war ein Unglücklicher am Rande.

»Er ist durchaus des Mitgefühls würdig, dieser arme Selbstmörder« — war der einmütige Kommentar. Selbst wenn er ein Verbrecher gewesen wäre, würde ich sagen:

Man möge ihn ohne Ekel in Erinnerung behalten, man möge bei der Betrachtung seiner Statuen nicht die Augen verdrehen und ausrufen: »Mörder.« Man möge bedenken: Er war ein Wahnsinniger. Haben Sie Mitleid... großes Mitleid für diesen Unglücksmenschen. »Er war ein Irrer« — zu dem alle ihn erklärt hatten. *Geisteskranke sind nicht verantwortlich für ihre Taten*, sagt das Gesetzbuch...

. . . .

Der Wahnsinn... ist der Wahnsinn...

Lissabon, Mai—Juni 1910.

João Jacinto
Biografie

Für Ricardo Escquível Teixera Duarte,
als Erinnerung an seine Mitarbeit
— die mir alles bedeutete —
in der Akademischen Zeitschrift ?,
inszeniert im Theater des Gymnasiums
am 24. April 1908.

M. de Sá Carneiro
30. April 1908

João Jacinto, Sohn der Joana Maria und eines unbekannten Vaters. Getauft in der Kirche São José am 19. Mai 1879, geboren am 11. Januar desselben Jahres.

O SÉCULO

12. Januar 19..

— Gefährlicher Straßenverkehr —

Gestern ereignete sich gegen 6 Uhr abends auf der Avenida, in Höhe der Rua da Conceição da Glória, ein beklagenswerter Unfall, verschuldet durch die Unvorsichtigkeit eines Chauffeurs wie durch die des Opfers selbst. Wir schildern den Vorfall: Der bekannte Kapitalist und Gesellschafter des bedeutenden Bankhauses »Aparício Santos, Lima e C.ᵃ« beschäftigt unter seinem Personal den Chauffeur Manuel Braga, ledig und wohnhaft im Erdgeschoss der Travessa do Maldonado 24, der, nachdem er gestern den Dienst für seinen Herrn beendet hatte — zu der oben angegebenen Stunde —, den Wagen — eine beeindruckende Limousine der Marke Brasier mit 40 PS — wie jeden Abend in die Garage der Sociedade Portuguesa, ansässig in der Rua Alexandre Herculano, steuerte. Als dieser in Höhe der Rua da Conceição da Glória ankam, überquerte eine Person gedankenlos die Avenida von links nach rechts. Der Chauffeur betätigte die Hupe, aber die Person überhörte sie. Braga versuchte daraufhin, das Fahrzeug anzuhalten, aber aufgrund der schlecht funktionierenden Bremsen überrollte das schwere Gefährt den unglücklichen Passanten, der, wie anzunehmen ist, augenblicklich starb. Als man ihn unter dem Auto hervorzog, war er nicht mehr als eine unförmige Masse. Eines der Vorderräder hatte den Schädel zerquetscht, von dem nur die verspritzte Gehirnmasse übrig blieb. Der Chauffeur wurde vom Polizeibeamten 715 der 12. Einheit festgenommen. Die Identität des Opfers konnte leicht festgestellt werden, denn es fanden sich in seiner Brieftasche einige Visitenkarten: Es handelte sich um Herrn João Jacinto, Privatlehrer.

Wie gesagt, die Unvorsichtigkeit lag auf beiden Seiten: Der Chauffeur hätte sein Auto mitten auf der Avenida nicht mit dieser Geschwindigkeit fahren dürfen und sich des ungeachtet des einwandfreien Funktionierens der Bremsen versichern müssen. Andererseits hätte das Opfer auf das Hupen achten müssen, denn als der Chauffeur die Hupe betätigte, hatte der Passant — anwesenden Zeugen zufolge —, ausreichend Zeit gehabt, auszuweichen. Aber es waltete die Macht des Schicksals; gegen sie hilft keine Vorsicht...

— Notizen —

Manuel Braga wurde, nachdem er das Auto in die Garage gefahren hatte, dem Regierungspräsidium vorgeführt und von dort aus ins Gefängnis Nr. 5 gebracht. Wie uns gegenüber verlautbart wurde, wird er morgen auf Kaution freikommen.

João Jacinto hat zumindest in Lissabon keine Familienangehörigen. Er lebte in einem Zimmer in der Rua da Condessa 15, 1. Stock rechts. Der Leichnam wurde ins Leichenschauhaus gebracht, wo er heute obduziert wird.

*

*   *

Diese Nachricht, die so alltäglich ist wie alle übrigen, verbirgt zwischen den Zeilen den letzten Akt einer schmerzlichen Tragödie oder einer lachhaften Farce. Diese Tragödie oder Farce steht für die Geschichte einer Existenz, eine Geschichte, die als ein schreckliches Drama oder als eine erheiternde burleske Komödie aufgefasst werden kann. Ich bestimme daher nicht das Genre des lebensnahen »Stücks«, das ich dieser Biografie zugrunde lege. Der Leser möge entscheiden und João Jacinto zu einem Helden des Gelächters oder der Tränen machen. Mit diesem Namen jedoch besteht eine große Wahrscheinlichkeit, dass die erste Hypothese sich durchsetzen wird. Wer wird schon eine Person ernst nehmen, die nur João Jacinto heißt!?... Bestimmt sehr wenige, vielleicht niemand... Aber es beginne die im Titel angekündigte Biografie.

*

*   *

Als Sohn eines Wirts und eines Dienstmädchens und nur aus Vergnügen in die Welt gesetzt, hat João Jacinto nie einen Vater gekannt. Seine ersten Lebensjahre verlebte er friedlich auf einer Halbetage in einer unbedeutenden Straße, von seiner Mutter behütet und unterstützt vom monatlichen Scheck, den der Vater ihr aus Gewissensbissen wie ein Almosen gab. Die Mutter vergrößerte dieses »Almosen«, indem sie arbeiten ging: Sie stärkte Wäsche. Mit 7 Jahren trat er in eine Schule ein und mit 10 sein erstes Examen an, das er bestand. Im folgenden Jahr meldete er sich in der Oberschule an. Bis dahin hatte er noch nicht auf die »Unterschiede« geachtet, die zwischen ihm und seinen Kameraden bestanden. Eines Tages jedoch, als er sich die Namensliste seiner Klasse anschaute, zuckte er zusammen. Er las: Joaquim da Silva Nogueira, Pedro José de Faria, António de Noronha; alle hatten Nachnamen, außer ihm, dessen Name lediglich aus zwei hässlichen und geläufigen Vornamen zusammengesetzt war: João Jacinto! Dieses Papier kam einer Enthüllung gleich! Gedemütigt! Er wollte es zerreißen, aber er tat es nicht; er beschränkte sich auf wütendes Weinen. Zu Hause schrieb er nachts die Namen aller seiner Mitschüler nieder — es hatte genügt, sie einmal zu lesen, um sie auswendig zu können, einen derart großen Eindruck hatten sie auf ihn gemacht —, und er machte sich daran, ihre Buchstaben zu zählen. Nach Beendigung dieser Aufgabe musste er anerkennen, dass er derjenige unter ihnen war, der sich mit den wenigsten schrieb: mit 11, nur mit 11!... Diese Ungleichheit im Namen verführte ihn dazu, die anderen zu entschlüsseln. Allerdings hatte er es nicht gelernt, solche Tiefschläge einzustecken, und da er nicht mit den Kräften ausgestattet war, ein vergleichbares »Kreuz« (!) zu tragen, beschloss er, sich umzubringen! Bevor er am Abend schlafen ging, war er in seinem verschlossenen Zimmer reiflich mit der Methode beschäftigt, die er anwenden würde. Sich zu ertränken, entschied er. Am nächsten Tag würde er statt zur Schule nach Aterro gehen, einen geeigneten Platz aussuchen und sich in den Tejo stürzen. Nachdem er diese Lösung gefunden hatte, ging er zu Bett, schlief trotz alledem schnell ein und verbrachte eine ungestörte Nacht. Als er am nächsten Tag aufwachte, erinnerte er sich daran, was er heute zu tun hatte — sich umbringen —, und war weder schockiert, noch schwankte er. Ah! Er war fest entschlossen. Aber der Zufall wollte es, dass er beim Hinausgehen an seiner Lektüre festhing und den folgenden Satz las: »... weil nicht der Name und die Herkunft einen Menschen bedeutend und berühmt machen, sondern seine Werke und Taten«. Als er dies las, stieß er einen Schrei aus und ließ das Buch zu Boden fallen. Seine Mutter, die bei diesem Vorfall anwesend war, fragte ihn:

»Was hast du?«

»Nichts«, antwortete er, aber er log. Er hatte etwas, er hatte viel: »Das Leben«, er hatte es wiedererlangt, weil er sich nun nicht mehr umbringen würde. Wozu? Hatte ihm das Buch nicht gesagt, dass »nicht der Name und die Herkunft den Menschen bedeutend und berühmt machen, sondern seine Werke und Taten«?... Wozu den Mut verlieren? Nur weil man niedrig und von illegitimer Herkunft ist? Nein, im Gegenteil, es war vielmehr ein Vorzug: sich von der niedrigsten zur höchsten Stufe emporarbeiten: Exakt darin lag der Triumph, der größte Ruhm!...

... Und statt nach Aterro zu gehen, um sich in den Fluss zu werfen, ging er wie jeden Tag in die Schule...

*

* *

Sein Gehirn war von nun an von Gedankenungetümen besetzt!... Ja! Er musste ein besonderer Mensch werden, ein »erhabener« Mensch!... Er würde seinem Vaterland alle Ehre machen, und sein Name würde nicht nur in seinem Land, sondern in ganz Europa berühmt werden... Ach was! In der ganzen Welt. Ja, auf der ganzen Welt wäre er bekannt und verehrt! Vielleicht würde es sogar Mode werden, einen einfachen Namen wie den seinen zu tragen. Die Nachnamen würden ungebräuchlich werden, und es gäbe nichts als João Jacintos und Jacinto Joãos, Francisco Antónios und António Franciscos!... Aber womit könnte man berühmt werden? Das wusste er noch nicht. Vielleicht mit der Schriftstellerei... Ja, ja, mit der Schriftstellerei: In einer Übung in Portugiesisch war er mit 14 Punkten benotet worden, quasi einem »gut«... Und während er daran dachte, sah er schon seine Romane in den Auslagen der Buchhandlungen. Zu Hause stapelte er Berge von Papier und schrieb: Der große Romancier João Jacinto; der unvergleichliche Prosaist João Jacinto; der größte Romanschriftsteller der Gegenwart, João Jacinto, und dergleichen; um die Wirkung abzuschätzen, die von diesen schönen und klingenden Worten ausgingen, die seinem entsetzlich einfallslosen Namen vorangestellt waren... Aber mal ernsthaft, wer merkt schon, dass er sich was vormacht? Es war gut möglich, dass er mit der Literatur nicht berühmt werden würde. Wir glauben uns manchmal eins mit unserer Berufung, obwohl diese eine ganz andere ist. Vielleicht könnte aus ihm anstelle eines bedeutenden Romanciers ein bedeutender Ingenieur werden oder ein großer Erfinder. Wer könnte das voraussagen? Niemand, nur die Zukunft könnte das sagen. Sicher ist nur, dass er »etwas« werden musste; alles Übrige interessierte ihn nicht.

*

*   *

Das erste Jahr in der Oberschule brachte er ohne große Schwierigkeiten hinter sich, aber im zweiten Jahr blieb er sitzen. Er wiederholte die Klasse und kam weiter. Das dritte Jahr musste er zweimal wiederholen; mit diesem Stehaufmännchenprinzip kam er bis ins vorletzte Jahr. Mitten in diesem Schuljahr starb sein Vater. Das Monatsgeld versiegte, und er sah sich von da an gezwungen, Geld zu verdienen. Er gab sich als Privatgelehrter aus: 3000 Réis Gehalt im Monat. Hier und da gelang es ihm, eine Nachhilfestunde zu ergattern. Nach einer gewissen Zeit starb auch seine Mutter...

*
*   *

... Er war jetzt alle Nachmittage in der Rua do Oiro anzutreffen, wo er spazieren ging, oder man sah ihn angelehnt an der Tür zum Estrela Polar am Chiado — den Gehrock auf halb acht, mit Waschbenzin und durch ständige Appretur noch in Form gehalten, den Zylinder steif mit inzwischen unbestimmbarer und — bedingt durch den Einsatz von Petroleum — glänzender Farbe, die Krawatte zerrissen, aber mit einem eleganten Knoten gebunden, die Stiefel aufpoliert, obwohl an den Sohlen schon zerschlissen, den Schnurrbart gezwirbelt —, wie er den Damen erobernde Blicke zuwarf und die Männer verächtlich ansah. Der große Romanschriftsteller João Jacinto war gescheitert; ebenso der bedeutende Erfinder und der bedeutende Ingenieur. Einzig der klägliche Nachhilfelehrer oder — wie es auf seinen Visitenkarten stand — der erbärmliche »Privatlehrer« war übrig geblieben. Aber was interessierte das schon? Hatte er etwa kein Talent? Wenn sie es nicht erkennen und davon Gebrauch machen wollten, wer war dann der Schuldige? Er ganz gewiss nicht!... Und so lange gab er hier und da ein Stündchen...

Er benötigte nicht wirklich viel zum Leben, und vor allem nicht, um »gut gekleidet« herumzulaufen, aber was für ein unentwegter Kampf! Sein Gehrock für 15 000 Réis musste zwei Jahre lang halten, wenn er ihn immer trug; sein Zylinder drei Jahre; und so weiter. Für die Hemden hatte er ein unübertroffenes und findiges System ausgeklügelt — ein deutlicher Beleg für seinen großen Erfindungsgeist: Er klebte auf die Hemdbrust einfach ein Stück Glanzpapier! Auf diese Weise lief er immer mit einem sauberen Hemd herum — zumindest im sichtbaren Teil —, und er gab sein Geld nicht für die Büglerin aus! Ein bedeutender Mann, dieser João Jacinto, eines größeren Glückes wert!

*

* *

Er gab so wenig Geld wie möglich für Essen aus, um dann und wann an den Orten auftreten zu können, wo die elegante Gesellschaft verkehrte: Wenn er es einrichten konnte, im D. Amélia — zu den Premieren und sommers zu den Zarzuelas —, montags im Coliseu; sonntags flanierte er durch den Campo Grande... Ins Theater S. Carlos kam er nicht hinein, dafür war seine Börse zu schmal. Aber um diese in seinen eigenen Augen schwere Unterlassung vor sich selbst zu rechtfertigen, hatte er sich eine wunderliche List zurechtgelegt: Er redete sich selbst ein, die Oper zu hassen, dass es ihn nervös mache, sie zu hören, und wäre es nur ein Ausschnitt, und deshalb ging er — der in Wahrheit die Musik anbetete — nicht einmal zu den lyrischen Wochen ins Coliseu, um zu beweisen, was er sich selbst einredete!...

*
*   *

Er spazierte immer allein herum. Er lehnte sich an eine Wand am Rossio oder in der Rua do Ouro, und so verbrachte er Stunden damit, die Damenwelt zu betrachten und wachen Auges zu träumen. Ach! João Jacinto, du, der du dich danach sehntest, ein bedeutender Mann zu sein, schlugst dich als ein Pflastertreter rum wie irgendein nutzloser und reicher Jura-Pinkel!... (Die Armen, diese in die Welt Geworfenen, versuchen wenigstens, irgendeine Arbeit für sich zu finden: Sie schuften als Schreiber, Bürodiener oder als Latrinenputzer...)

*
*   *

Jede Handlung vollzog er mit der höchsten Eleganz — wenigstens glaubte er es. Gefällig bis ins Extrem, drückte er allen seinen Handlungen den Stempel eines Herrn von Welt auf, der nicht auf die Idee käme, dem bescheidensten Sohn des Volkes nicht die Hand entgegenzustrecken, sofern dieser ein Mann von Ehre ist.

*
*   *

Für jede Situation erfand er eine Ausrede: Einmal, um Weihnachten, ging er zum Barbier. Er hatte gerade auf dem Folterstuhl Platz genommen, da hörte er die lästige Musik einer Spieluhr — und verstand sie als beredten Hinweis an ihn, den Stammkunden, dass doch Weihnachten sei — und musste plötzlich feststellen, dass er bloß 200 Réis in der Tasche hatte: Bart und Haare! Sich dessen gewahr werdend, beschloss er, eine kurze Ohnmacht vorzutäuschen, um kurz darauf wieder zu sich zu kommen: Er hatte einen Weg gefunden, kein Geld zahlen zu müssen und dennoch angesehen zu bleiben! Nach dem Ende dieses Theaters stand er auf und sagte:

»Ich möchte Sie für eine Sache begeistern, die, darüber hinaus, dass sie dem Etablissement eine Note der gewünschten Eleganz verleiht, ihm auch gewiss das Doppelte an Trinkgeldern einbringen wird.«

Sprach's und nahm ein Stück Seife, stieg auf einen Stuhl und pinselte mit großen Buchstaben und noch ein paar Arabesken, die ihm außerordentlich gefielen, den folgenden Satz auf den Spiegel:

Fröhliche Weihnacht und ein gutes neues Jahr
all meinen hochverehrten Stammkunden

Die Barbiere dankten es ihm, und João Jacinto verließ stolz den Ort, als hätte er 2000 oder 3000 Réis auf dem Tablett liegen lassen!

*

*   *

In Ehrenangelegenheiten peinlich genau, steuerte er zielsicher von einem Kräftemessen zum nächsten: So wie an jenem Tag, als er über den Largo do Carmo ging, wo ein

Schüler vom Gymnasium — aber doch ein ausgewachsener Mann — sich über ihn lustig machte. João Jacinto, der das bemerkte, wandte sich vornehm um und meinte allen Ernstes, indem er seine Karte hervorzog:

»Ich verlange Satisfaktion für den Satz, den Sie soeben prononcierten!«

Sein Gegenüber griff, beherzt, wie er war, nach der Karte, las sie und antwortete:

»Vielen Dank, aber ich benötige keine Nachhilfe.«

Ah! In diesem Moment hatte João Jacinto Angst vor seiner fehlenden Courage, er spürte eine Eiseskälte in den Fingerspitzen und wie ihm das Blut ins Gesicht schoss! Von solch verblüffender Schlagfertigkeit herausgefordert, konterte er:

»Sie sind nichts als ein Feigling!«, und spuckte zum Zeichen seiner Verachtung auf den Boden!... Doch alleine auf dem Platz stehend, musste er feststellen, dass der Student sich bereits aus dem Staub gemacht hatte.

*

*   *

Er war auch ein gütiger Mensch: Er konnte keinen Bettler sehen, ohne dass er ihm ein Almosen gab, es sei denn, seine Taschen waren leer. Bei solchen Gelegenheiten nahm er eine arrogante Haltung ein und schleuderte dem Bittsteller entgegen:

»Lassen Sie mich! Gehen Sie weg, von mir kriegen Sie nichts! Gehen Sie arbeiten!«

Dies war für ihn der einzige Weg, sich in den Augen des Bettlers dafür zu entschuldigen, dass er ihm nichts gab, denn hätte er nur ein mitleidiges »Ja, warten Sie« geantwortet, hätte sich der Bettler ohne jeden Zweifel vorgestellt, ihm könnten das Kleingeld oder die 10 Réis fehlen. Es fiel ihm schwer, einen Unglücksmenschen schlecht zu behandeln... aber es gab keinen anderen Ausweg...

*

* *

Er fühlte sich von allen Frauen angehimmelt und war stolz darauf, zahlreiche Herzen gebrochen zu haben. Aber sein Herz war aus Stein. Er hatte niemals gelernt, wie es ist, zu lieben!

*

* *

Eines Nachmittags, er stand wieder angelehnt an der Tür zum Estrela Polar, seinem bevorzugten Aufenthaltsort, sah er ein elegantes Auto den Chiado heraufkommen; am Steuer eine bildschöne Frau. Mit einem einzigen Blick taxierte er sie von Kopf bis Fuß: volles Haar in dunklem Kastanienbraun mit metallischen Reflexen und natürlichem Glanz, bezauberndes Gesicht, ein an Eleganz nicht mehr zu übertreffender Körper, und im selben Moment, da er all dies beobachtete, fühlte er, der nie geliebt hatte, wie er dieses wunderbare Geschöpf zu lieben begann. Das Auto fuhr weiter. Es hielt vor der Tür des Marques. Die Dame stieg aus und betrat das Gebäude. João Jacinto, der den ganzen Ablauf von der Tür des Tabakladens aus beobachtet hatte, ging über die Straße und betrat ebenfalls die Konditorei. Da er nur ein paar Kröten in der Tasche hatte, kaute er im Stehen langsam an zwei Krapfen herum und spähte die ganze Zeit zu der schönen Unbekannten hinüber, die an einem Tisch Platz genommen und Tee, Krapfen und Sandwich bestellt hatte. João Jacinto gelang es, ihre Stimme zu hören, und als er sie vernahm, erkannte er, dass sie ausländisch klang. Als er sich den letzten Bissen seines letzten Krapfens in den Mund steckte, zahlte die Dame. Sie erhob sich und ging hinaus. João Jacinto tat völlig normal, stellte sich draußen an die Tür und sah zu, wie sie in das Auto einstieg, das eingehüllt in eine übelriechende Abgaswolke davonfuhr, wie es sich den Chiado hinaufbewegte und in die Rua de S. Roque einbog. Als das Fahrzeug verschwunden war, kehrte er zurück, um seine mickrige Rechnung zu begleichen und zu überlegen, wie er es anstellen sollte, den Namen der Dame seiner Träume herauszubekommen. Die Kühnheit zu besitzen und ins Marques zu gehen, dort geradezu eine Winzigkeit auszugeben, war der schlüssigste Beweis für den überwältigenden Eindruck, den die Unbekannte mit dem metallischen Haar bei ihm gemacht hatte. Als er beinahe wusste, wie er ein derart schwieriges Problem lösen konnte, fiel sein Blick auf einen Gegenstand, den er aufhob: Es war ein Spitzentüchlein, auf dessen Rand ein G und darüber ein gräfliches Wappen gestickt war. Er wandte sich damit an einen Kellner und sagte:

»Ich habe dieses Tuch gefunden, ich weiß nicht, wem es gehört...«

Der Kellner nahm es, schaute es sich genau an und antwortete:

»Es gehört bestimmt der Frau des österreichischen Gesandten, der Gräfin von Großburg. Ein G und eine Krone...«

»Ach!«, drehte João Jacinto sich zu ihm um. »Etwa jener Dame, die an diesem Tisch saß und gerade hinausging?«

»Genau«, sagte der Kellner. »Ich werde es ihr morgen aushändigen. Sie kommt fast jeden Nachmittag…«

João Jacinto dankte innerlich bewegt der Vorsehung für den glücklichen Zufall, der ihn ohne große Mühe den Namen der Frau erfahren ließ, die er liebte. Er bezahlte das Unsümmchen und ging hinaus.

*

* *

In seinem neuen Lebensabschnitt — seinem letzten — wird mein Protagonist schließlich abtreten. Wollte man eine Überschrift für diesen Absatz finden, so lautete sie ganz einfach: João Jacinto, verliebter Narr!

In seinen Träumen geisterte von nun an der sanfte Anblick des süßen Geschöpfs, dem es gelungen war, dieses »Herz aus Stein« zum Glühen zu bringen. Auf der Straße schaute er nicht mehr wie früher den Frauen hinterher und warf ihnen erobernde Blicke zu, nein, er dachte nur an das Bild von der schönen Österreicherin, das er kontinuierlich vor Augen hatte. Auf seinem ärmlichen Zimmer in einer Pension verfasste er nachts Verse, die »ihr« gewidmet waren, Verse, die er anschließend vernichtete. Armer João Jacinto! Ewiges Kind! Ewiger Träumer!

Schließlich überfraß er sich mit Krapfen! Jeden Tag stand er pünktlich im Marques und wartete auf die Gräfin, die nicht immer kam. An solchen Tagen ging er traurig nach Hause. Er ging zu Bett, konnte aber nicht einschlafen. Die ganze Nacht hindurch dachte er sich tausend Katastrophen aus: dass sie krank wäre... sehr krank... sogar sterbenskrank... tot... tot, natürlich!...

Die Zeit verging. Seine Verliebtheit steigerte sich von Mal zu Mal...

*

*   *

Eines Tages gelangte er schließlich zu der Überzeugung, dass seine Liebe eine Ausgeburt der Gedanken war, eine Absurdität. Wie sollte es ihm, dem unbedeutenden João Jacinto, gelingen, die Liebe der stolzen Gräfin von Großburg zu erobern? Wie? Wie?!... Niemals!... Doch ebenso unmöglich konnte er diese Liebe in sich ausmerzen! Was also tun? Er dachte nach und überlegte; und während er nachdachte und überlegte, kam ihm der rettende Gedanke, Selbstmord war das einzige Mittel! Ja, ja! Die Liebe war sein Verhängnis! Nur ein Selbstmord konnte ihr ein Ende setzen! Es war sein Schicksal: Schon als kleiner Junge hatte er das Verlangen gehabt, sich umzubringen... Aber die Frau, die er über alle Maßen liebte, die Verantwortliche für diesen Tod, bliebe sie an seinem Tod unschuldig und würde sie von seiner Tat überhaupt erfahren? Nein, tausend Mal nein! Sie sollte aber alles erfahren. Und falls sie kein gefühlloses Monster war, würden sie Gewissensbisse und Kummer plagen... Sie würde sich grämen!... Wie aber sie zur Mitwisserin machen?... Ganz einfach. Er könnte ihr einen Brief schreiben, ihr seine Liebe gestehen und die folgende Drohung einflechten: »Wenn Sie mir nicht innerhalb von drei Tagen antworten, werden Sie mich vor Ihren Augen sterben sehen — ja —, vor Ihren Augen und vor Ihren eigenen

Füßen!« Sie würde bestimmt nicht antworten und zweifellos lachen beim Lesen dieser Worte, aber am angekündigten Tag, wenn sie mit ihrem Auto unterwegs wäre, würde ein Unbekannter wie angekündigt auf die Straße rennen, um sich vor das Fahrzeug zu werfen, das ihn zerquetschen würde; und dieser Unbekannte wäre er: João Jacinto, der Unterzeichnende dieses Briefes!... Oh! Welche Gewissensbisse würden die Gräfin plagen! Gewissensbisse, schreckliche Gewissensbisse!... Sie würde sich ihr Leben lang an dieses schreckliche Ereignis erinnern... Und wer weiß, ob sie dieses entsetzliche Reuegefühl überleben würde?... Als er diese letzte Variante bedachte, durchfuhr João Jacinto ein Schrecken, und er sprach laut:

»Nein! Nein! Ich möchte nicht, dass sie stirbt... Im Gegenteil, ich möchte, dass sie lange lebt und immer glücklich ist... sehr glücklich... Nein! Ich werde ihr den Brief nicht schreiben, er wäre eine Schande... ein Verbrechen sogar. Ja, ich werde sterben, unter ihrem Auto, vor ihren Füßen — was das Äußerste ist für einen glücklichen Tod —, aber das Geheimnis meiner Liebe werde ich mit ins Grab nehmen!«

So weit hatte er sich entschlossen. Doch schon kurze Zeit später verwarf er auch diesen Plan, denn wäre die Gräfin bei dieser Katastrophe zugegen, könnte sie wie im vorherigen Plan einen Nervenzusammenbruch erleiden, und ein solcher Nervenzusammenbruch könnte verhängnisvolle Folgen nach sich ziehen. Und überhaupt, wozu sollte ihm noch das Vergnügen dienen, vor den Füßen der Geliebten zu sterben, war er doch gestorben? Natürlich zu nichts. Was er wollte, war, sich umbringen und glauben machen, dass er das Opfer eines Unfalls geworden war, und dafür war das Auto der Gräfin genauso recht wie jedes andere. Für die Ausführung dieses Plans wählte er den nächsten Tag: Den 11. Januar, seinen Geburtstag. Er wusste gar nicht, warum, hielt er es aber für elegant, an seinem Geburtstag zu sterben!... Er legte sich ins Bett und schlief ein. Um acht Uhr erwachte er; er stand auf, entfernte einen Fleck auf seinem Gehrock, rieb seinen Zylinder mit Petroleum ab und verließ das Haus, um seine paar Nachhilfestunden zu geben. Zur Nachmittagszeit stand er an der Tür zum Estrela Polar und ging kurz darauf hinüber ins Marques, wo er die Gräfin noch einmal bewundern konnte, ein klein wenig länger als sonst, nur »sie bewundern«. Es war halb sechs, als er die Konditorei verließ. Er ging den Chiado hinunter. An der Ecke Rua Nova do Carmo betrat er das Geschäft von Peixinho, um eine Nelke zu kaufen, die ihn 300 Réis kostete. Er steckte sie sich ins Knopfloch und ging weiter in Richtung Rossio, ohne ein einziges Auto zu entdecken. In Höhe des Café Gelo fuhr eines vorbei. João Jacinto versuchte, sich überfahren zu lassen, aber dem Fahrer gelang es, den Wagen rechtzeitig anzuhalten. Er blieb entschlossen, kreuzte den Largo Camões und bog in die Avenida ein... Ein Auto näherte sich mit hoher Geschwindigkeit... Dieses Mal berechnete João Jacinto den Zeitpunkt besser, an dem er hinübergehen musste, und der Chauffeur konnte den Wagen nicht mehr anhalten...

*

*   *

Wenigstens eine Sache hatte er in seinem Leben erreicht: und diese Sache war sein Tod!...

*

* *

Hier endet die einfache Geschichte von João Jacinto, die auf
der möglichen Wahrheit seiner Biografie basiert. Was soll
man daraus schließen? Dass er ein Narr war, ein Trottel,
ein Schwachkopf? Vielleicht; aber das ist nicht die Meinung
seines unbedeutenden Biografen: João Jacinto war für mich,
der ich ihn bestens kannte, ein Träumer, der nur aufgewacht
ist, um sich umzubringen, das heißt: Um weiterzuträumen.
Kurzum: Er war ein Unglücksmensch; mehr nicht.

M. de Sá Carneiro
29. – 30. April 1908

Der Inzest

Für Gilberto Rolla

I

Von der Verbindung mit seiner Jugendliebe war ihm dieses Mädchen geblieben. Die Mutter, so verwirrt wie zart, war auf tragische Weise vom zerstörerischen Strudel eines im Wahn geführten Lebens fortgerissen worden — und so war er es, Luís de Monforte allein, der das Kind seit dessen zweitem Lebensjahr aufzog. Endgültig zerquetscht von der brutalen Auslöschung dieser Liebe, die ihn schon zu Lebzeiten zerrissen hatte, verzehrte er sich nun hingebungsvoll für die Frucht, die aus ihr hervorgegangen war: Dieses entzückende Wesen mit seinem goldenen Haar, der weißen und rosa Haut, das ihn weiterleben ließ; das ihm die Kraft zurückgab, die er für den täglichen Kampf verbrauchte.

Trotz seiner Reife von vierzig Jahren schaute Luís de Monforte mit leichter Wehmut oft auf die großen Freuden und Qualen seiner Zeit als junger Mann zurück, die ihn wie in einem nicht enden wollenden Traum nicht losließen. Nicht wegen der eintönig verlaufenden Jahre, nicht einmal andeutungsweise, denn alles, was ihm diese Epoche seines Lebens erhellt oder verdunkelt hatte, glich mehr einem fantastischen, einem sich weitenden Traum als einem monotonen Dahinplätschern von Episoden eines realen Lebens.

Doida war ohne größere Schwierigkeiten in den Spielplan der Theatercompany Rosas & Brazão aufgenommen worden, die in jenen Tagen das in die Jahre gekommene Theater Dona Maria bespielte.

Endlich begannen die Proben. Der junge Dramatiker durchlebte diese drei Wochen im Zustand übersteigerter Verzauberung, die ihn von allem fernhielt, was nicht zu seinem Werk gehörte. Er durchlebte nicht, er durchfieberte. Sein Kopf fühlte sich an wie betäubt, als liefe er unentwegt betrunken herum, ätherisch von Champagner berauscht. Er aß nicht, er schlief nicht. Wenn man zu ihm sprach, waren seine Antworten zögerlich und unzusammenhängend. Trotz größter geistiger Anspannung lief ihm permanent ein leichtes Frösteln über den Rücken, das ihn im Bann einer wohltuenden Ungeduld hielt.

Dennoch! Sein Wesen wandelte sich, wenn er am Lichtrand der kaum erhellten Bühne oder im dichten Halbschatten des leeren Parketts seine Schauspieler beobachtete. Er schrie und zappelte und rannte auf und ab — er lebte mit allen Figuren seines Stückes mit.

In seinem zarten Gesicht erkannte man vorab die dürstenden Augen und die begierigen roten Lippen der blondlockigen Schauspielerin, die seine Doida auf der Bühne verkörperte. Noch war er weit davon entfernt, sie küssen zu wollen — weder diese verlockenden Augen noch diesen Mund einer Göttin. Doch hin und wieder, wenn er selbst den Gegenpart spielte, führte er in den heftigsten Szenen ihren bildschönen Körper; berührte er wie von fremder Hand gesteuert ihre herrliche Haut — dieser Körper, dieses

Fleisch hatten ihn noch nicht vollständig ergriffen. Es mag daran gelegen haben, dass er nicht wie ein Mensch schaute oder fühlte; er überstieg das Menschsein: Der Künstler in ihm, er hatte den Menschen abgeschafft.

Júlia Gama war die Doida. Viele werden sich an dieses betäubend schöne Mädchen, das inmitten unserer Lissabonner Provinz einigen Staub aufwirbelte, erinnern. Eine einzigartige Frau und ein einzigartiges Talent. Niemand wusste, woher sie kam, wie aus dem Nichts erschien sie als Stern aus Trinidad, der Insel der Dreifaltigkeit, und ließ ihre Beine für eine von Sousa Bastos' Revuen ablichten. Nachdem sie dieses Genre hinter sich hatte, wechselte sie zur Bühne des Teatro Normal, das damals seine Glanzstunde hatte, und entwickelte sich in kürzester Zeit zu einer großen Charakterdarstellerin.

Mit ihrer feurigen Haarpracht und den unendlich tiefen Augen, die ihre geheimnisvolle Schönheit ausmachten, war auf ihren feuchten Lippen immer das rätselhafte Lächeln der Gioconda zu erkennen. Ihr Körper von griechischer Geschmeidigkeit und Kraft verströmte ein fernes Aroma und war ein Gedicht an jenes verwegene und kaum verhüllte steingewordene Fleisch. Eine imposante Mischung aus Inferno und Paradies, sie verlockte und stieß im selben Moment von sich; ohne das Geheimnis entschlüsseln zu können, verbarg sich hinter dieser fragilen Frau die ganze niederschmetternde Fantasie einer vor Liebe glühenden, wollüstigen und blutigen Arie. »Ein Hauch von Pariser Chick«, entblödete sich die geifernde Journaille zu schreiben.

Man wusste nichts über ihre Geliebten. Sie dürfte welche gehabt haben, aber — seltsam genug — niemand wusste etwas zu berichten. Man redete daher über ihre Extravaganzen, über ihre generösen Anwandlungen. Es kursierte die Legende, sie habe einmal für eine Unsumme sämtliche Ballkleider gekauft, die Quaresma in seinem Etablissement anzubieten hatte. Ein andermal, sie habe ihre Juwelen verpfändet, um einem halbverhungerten alten Mann zu helfen, den sie vor ihrem Haus auf der Straße liegend fand. Nun, um so viel Geld ausgeben zu können — die Juwelen blieben natürlich nicht lange im Pfandhaus —, musste es von irgendwo herkommen. Aber man wusste nicht, woher, mochten ihre Kolleginnen noch so eifrig nachforschen.

Júlia war eher schweigsam. In einer angestrengten und schrillen Manier war sie fröhlich, aber sie sprach kaum. Kein Wort über sich selbst! Von ihren Kolleginnen gelangte keine jemals bis in ihre Wohnung. Júlia Gama, das Rätsel — »die blonde Sphinx unseres morbiden *fin de sciècle*«, schrieb ein dekadenter Schmierfink.

. . . .

Als der große Abend schließlich kam, *trafen* Monfortes Augen auf seine hinreißende Darstellerin. Der Traum nahm seinen Lauf...

Der überfüllte Saal tobte vor Applaus; jeder Auftritt wurde wie in einem idiotischen Taumel von Bravorufen und Beifall unterbrochen. Ein Triumph für den Autor von zweiundzwanzig Jahren und für die große Schauspielerin mit der blonden Haarpracht.

Wie sie sich wand gegen Ende des zweiten Aktes, wie ihr ganzer Körper sich in der ergreifenden Tragödie ihrer ausgelöschten Liebe bebend hin und her warf, als sie ihre Illusionen noch am selben Tag aufgeben musste, und schließlich, in der großen Schlussszene, in der sie dem Wahnsinn anheimfällt!...

Sie verfiel glaubhaft dem Wahnsinn, mehr noch, Júlia war dem Wahnsinn tatsächlich verfallen! Ihre weit aufgerissenen, verdrehten Augen blitzten auf, der Mund verkrampfte sich in der übermenschlichen Bedrängnis — wie ein tosender Ozean bebte ihr Busen in Wellen, und es schien, deutlich schien es, dass die geplagte Seele, vor Schmerz jaulend, sich diesem Fleisch ruckartig der Welt entreißen und fliehen wollte. Erstarrt und bleich im Angesicht des Todes, stürzte die unerwiderte Liebesklage zu einem Trümmerberg zusammen.

Das Publikum erhob sich mit tobendem Beifall. Selbst ergriffen, applaudierte sie, sie applaudierte sich selbst; sie schrie, sie feuerte an — sie ließ den Vorhang zwanzigmal hochgehen. Eine unbeschreibliche Begeisterung — kolossal!

Aber nach und nach wurde der Saal leer. Der Vorhang fiel ein letztes Mal. Unversehens fanden sich Luís' und Júlias Hände, sie drückten einander fest... Ah! Ein unvergesslicher, göttlicher Moment, den der Dramatiker für alle Zeit bewahren sollte... Ihm schien, als gehe eine neue Sonne vor ihm auf, deren Strahlen seinen Körper umhüllten und seine Seele durchbohrten — liebkosend und wärmend, Licht und Atmosphäre vereinend. Dieses Einanderfinden zweier sich pressender Hände begriff er als den endgültigen und totalen Triumph dieser glorreichen Nacht — ja seines ganzen Lebens, denn diese Nacht wog sein ganzes Leben auf.

Eingehakt verließen sie das Theater.

*

*   *

Vier Jahre lang durchlebten sie einen nicht enden wollenden Liebesreigen und Glücksrausch. Sie hatten eine Tochter bekommen. Das Mädchen, befand der Dramatiker, sei das unverbrüchliche Bindeglied, das sein Leben für alle Zeiten mit dem Leben seiner Geliebten verknüpfte. Der Triumph hatte sie einander näher gebracht; die rührende Liebe für dieses kleine Geschöpf, das ihres war, wahrlich ihres, verschmolz sie beide zu einer Seele; es wurde zur Fleischwerdung ihrer Liebe — ihrer glorreichsten Stunde überhaupt.

Und der Traum setzte sich fort. Die Triumphe reihten sich.

In der folgenden Spielzeit kam seine wunderbare *Ruiva* auf die Bühne, mit der in einer auf den ersten Blick absurden Mischung aus ibsenschem Einfluss und südländischer Hitzköpfigkeit eines der unumstrittenen Meisterwerke des zeitgenössischen Theaters geboren wurde.

Júlias Leben hatte inzwischen nichts Mysteriöses mehr an sich. Sie lebte mit dem Schriftsteller in einem Schlösschen draußen bei Estrela — Monforte war schließlich reich —, und ihre Kolleginnen durften sogar ihr Zuhause betreten. Luís war von fröhlicher Natur, gesprächig und unbekümmert, geradezu ein Feind der Einsamkeit. Júlia passte sich ohne Widerstand seinem Wesen an. Doch in ihr Innerstes ließen sie niemanden vordringen. Übereinstimmend verteidigten sie es, und die schönsten Momente waren jene, in denen sie, eingehüllt in ihr süßes Geheimnis — allein und mit einander gereichten Händen —, sich in der kleinen Leonor erkannten, der lachenden, spielenden, hüpfenden Zweijährigen.

Eine ausgeglichene, beinahe bürgerliche Beziehung zweier Künstler. War Júlia zuvor noch verschwenderisch gewesen, war sie wie durch ein Wunder geheilt. Sie erledigte sogar den Haushalt! Tatsächlich aber war dieses Ehepaar eine Fusion ihrer Interessen. Jeder brachte sein Talent, sein Genie mit. Jeder stellte dieses Talent dem anderen zur Verfügung. Der Dramatiker arbeitete für die Schauspielerin; die Schauspielerin für den Dramatiker. Monforte, dieser eigentliche Anarchist im Geiste, entschied damals, seine Partnerin aus Gründen der Bequemlichkeit und wegen der Tochter zu heiraten.

Aber eines Tages endete der Traum; der Alptraum begann.

Damals wurde im Dona Maria ein Stück von Marcelino Mesquita gespielt; ein Stück, in dem Júlia eine große Szene hatte, allerdings nur eine einzige Szene am Anfang des zweiten Aktes. Um zehn Uhr war sie raus.

Ihr Geliebter begleitete sie für gewöhnlich jeden Abend. An diesem Abend, er war stark erkältet, sehr missmutig, blieb er jedoch zu Hause und las den letzten Roman seines Freundes Eça. Um halb zwölf war Júlia noch nicht zurück. Beunruhigt entschloss sich Luís, sie zu suchen, als ein junger Bote an die Tür klopfte. Er überbrachte einen Brief.

»Kindchen,
verzeih mir. Aber es muss sein. Leonor bleibt bei dir.
Adeus.«

Das war alles. Den Rest konnte er am nächsten Tag in Erfahrung bringen. Júlia hatte am Abend an das Theater geschrieben, es möge sie wegen eines plötzlichen Unwohlseins von ihren Verpflichtungen entbinden. Die Aufführung wurde abgesagt. Und sie verschwand. Sie war mit einem Sekretär der österreichischen Gesandtschaft ins Ausland geflohen.

Der Skandal erschütterte ganz Lissabon! Für das Theater bedeutete dies ein fürchterliches Durcheinander. Marcelinos Drama hatte Abend für Abend das Haus gefüllt; vier Tage war es vom Spielplan abgesetzt. Júlias Rolle war klein, aber tragend. Und jeder Schauspieler war bereits mit einer Rolle besetzt. Zum Teufel...

. . . .

Wie Luís gelitten haben muss...

Er konnte, er wollte es nicht akzeptieren... und doch schien ihm alles zu belegen, dass es real war und kein Traum! Júlia, wieso?... Hatte sie ihn etwa nicht geliebt?... Ah! Hasserfüllt dachte er an die verrückten Umklammerungen seiner Geliebten, an ihre gierigen Küsse, an ihre wilden Ekstasen, die schmerzten, die folterten, die verzückten... Auf dem breiten Palisanderbett, tiefdunkel wie eine Gruft, hatte er es oft mit der Angst bekommen, Angst vor der Liebesschlange, die ihn biss, die ihn mit den brutalen Zärtlichkeiten ihres glühenden Mundes, mit den zerfetzenden Konvulsionen ihres nackten Körpers verletzte!...

Sie war es... sie... sie selbst, die luxustrunkene, die zu tiefer Nacht nach Liebe jaulte; sie, die Liebhaberin, die Freundin und die Mutter — auch die Mutter, ah! — war es, die so handelte, die sich davonstahl, Mond anheulende Hündin, die hinter einem Köter herrennt, hinter einer ganzen Meute!...

Schlampe! Schlampe!...

*

*　　*

Wenn in unserem Leben Katastrophen von solcher Wucht über uns kommen, die einem totalen und unbegreiflichen Zusammenbruch dessen gleichkommen, woran wir am festesten geglaubt haben — und wir widerstehen dem ersten Aufprall... widerstehen wir und leben wir weiter. Dies wird nie anders sein.

War die Katastrophe jedoch schon lange vorhersehbar und befürchtet, bricht der Widerstand entgegen der natürlichen Annahme leicht in sich zusammen. Unser Gewarntsein wird von der Vorausahnung des Unglücks nach und nach zermürbt. Man stellt sich oft die Frage: »Gott im Himmel... lieber Gott... Und wenn es uns wirklich zustößt?...« Ist man am tiefsten Punkt angelangt, fällt man noch tiefer, wenn sich die Vorahnung erfüllt; ein kränkliches Kind, weinend, schreiend, inmitten einer niederdrückenden Mutlosigkeit — in der Sinnlosigkeit eines zerstörten Lebens —, geht man schließlich nach tagelangem Kampf unter.

Auf Schicksalsschläge trifft das nicht zu. Der plötzliche Schrecken hat etwas Überwältigendes, aber er dauert nur eine Minute. Selbstverständlich bleibt einem in einer Minute genügend Zeit, den Revolver in die Hand zu nehmen...

Doch Luís de Monforte feuerte den Revolver in seiner Hand nicht ab. Er widerstand.

Er hatte ihn schon geladen. Aber er überlegte; er hatte Angst. Wenn man sich die Sache von allen Seiten anschaut, hat man immer Angst.

Außerdem gab es noch die Tochter... Er *sah* sie vor seinen Augen. Überdeckt von der Anwesenheit seiner Mutter, hatte er das Mädchen nicht im wirklichen Sinne beachtet. Oder anders ausgedrückt: Er betrachtete sie niemals als etwas von der Mutter Getrenntes, für ihn war sie ein untrennbar Teil der Mutter...

Die Tochter... Die Tochter war eine Möglichkeit, sie würde der Fluchtpunkt seines Lebens sein!... Ein Trost und eine Bürde zugleich. Er würde für sie weiterleben...

... Und für andere Dinge ebenfalls... für etwas ganz anderes! — Er war gedemütigt worden. Ja! Aber es gab etwas, das ihn weiterleben ließ: Er wog den Revolver in seiner Hand — widerlicher Egoismus! Abstoßende menschliche Eitelkeit! — Er schaute nach vorne, deutlich sah er in die Zukunft, er sah einen Saal, wie hypnotisiert, lauter applaudierende Hände... jubelnde Stimmen... Jubelgeschrei...

Ruhm und Glorie!...

II

Die erste Zeit war hart. Luís de Monforte weinte oft, er weinte blutige Tränen, die ihm das Herz zerrissen. Eingeschlossen in seinem Arbeitszimmer, kauerte er verloren auf den Diwanen, auf denen er früher den nackten Körper seiner heißgeliebten Blondine vernaschte, und wie im Rausch wälzte er sich auf den Teppichen, Erlösung suchend. Aber er rappelte sich auf, überlegte, und dank eines Antriebs, der seine Trostlosigkeit überragte, setzte er sich an seinen Tisch und schrieb. Sowie die heftigen Qualen die edlen, linierten Blätter schwärzten, vergaß der Dramatiker das Leben, vergaß er seinen Schmerz.

Oh! Welch unaussprechliche Freude, verfolgen zu können, wie unsere Gedanken Gestalt annehmen, zu erkennen, wie die Worte — ihre Übersetzer — sich aneinanderreihen, eines und noch eines, und wir nachher mit lauter Stimme die beschriebene Seite lesen, die Silben richtig betonen, um zu streichen, was schlecht klingt, hier einen Satz zu glätten, dort einen anderen Satz, bis wir einen perfekten Rhythmus erreichen! Oder ein Kapitel, das endet, ein Akt, dessen Schlussreplik Form annimmt, woraufhin der Vorhang jäh zu fallen hat, eine glänzende, ausgewogene Passage, wohl-klingend, in die wir all unsere Liebe einfließen ließen, ja un-sere Seele... Und all dies löste sich aus unserem Gehirn; all dies ist etwas von uns, gehört uns! Wir sind es, die den Ge-danken erzeugten. *Wenn wir nicht wären, existierte er nicht!*

Über den Künstler kann viel Leid hereinbrechen, er kann bis an sein Lebensende der unglücklichste Mensch sein. Ich glaube sogar, dass sich unter die Künstler einige der Unglücklichsten, die diese Welt kennt, einreihen. Das Unglück eines Künstlers — so bitter es auch sein mag — wird jedoch immer von einem Lichtstrahl beschienen. Sein Unglück ist nicht notwendigerweise auf die leere und trost-lose Existenz zurückzuführen — die nicht weniger als die größte und wahrste Misere dieser Welt ist.

Das Vergnügen, zu erschaffen, überragt alles. Im Bann der Kunst vergisst der Künstler. Wenn sie ihn auch nicht heilt, so lindert sie wenigstens seinen Schmerz. Die Kunst ist sein Zufluchtsort. Damit haben wir ihren einzigen Zweck entlarvt — sprechen wir es leise aus: Wenn es nicht die herrlichen Bücher in meinem Regal gäbe und die Sei-ten, die ich bisweilen mit meiner eigenen miserablen Prosa bekritzele, ich hätte mir schon vor langer Zeit einen Schuss durchs Gehirn gegönnt.

Das Kind, welchem eine Leckerei versagt oder eine Ohrfeige zuteil wurde, flüchtet zu seinem Spielzeug, um-armt es, herzt es. Der Künstler, Gefangener seiner Ängste, tröstet sich mit seinen Werken. Die Werke sind im Grunde »Spielzeug«. Menschen sind ewige Kinder.

Geschichten schreiben, meine lieben Leser, ist nicht zwangsläufig die beste Beschäftigung in unserem Alter. Ich sage das und schreibe dennoch Geschichten. Zeitvergeudung? Ohne Zweifel. Aber ich schreibe Geschichten so unglaublich gerne. Sollten wir etwa nicht an erster Stelle tun, was wir lieben!

— Alle tun das! — werdet ihr jetzt schreien.

Achtung! Die meisten tun viele Sachen, die sie ungern machen oder die sie gut und gerne unterlassen könnten. Dinge tun, weil alle das machen: Niemand legt sich um acht Uhr abends ins Bett. Ich jedoch lege mich ins Bett, wenn mir um acht danach ist. Andere tun das nicht, selbst wenn sie hundemüde sind, weil sich einfach *niemand um acht Uhr ins Bett legt*. Da habt ihr einen Zipfel dessen, worauf ich in meinem Leben stolz sein kann: Ich habe nie etwas gemacht, das ich nicht gerne tat oder das ich liegen lassen konnte. Deshalb rauche ich nicht und habe ich mich selten betrunken.

Luís de Monforte schrieb. Solange er arbeitete, vergaß er, was gleichbedeutend ist mit: Er dämmerte. Brach der Tag an, tauchte er ein in unaufhörliches, fleißiges Fiebern, und derart inspiriert und fern aller Ablenkung von seinem Werk, schrieb er fast schlafwandlerisch und las er sich seine verfassten Seiten vor. Plötzlich, als erwecke ihn ein hypnotisches Geräusch, zuckte er und fand zu sich und zu seinem Schmerz zurück. Sein Kampf nahm Züge der Verzweiflung an. Doch irgendwann stolperte er, von der anstrengenden Nachtarbeit geschwächt, wie betrunken zu seinem breiten Bett aus Palisander und schlief ein.

Diese übersteigert gekünstelte Existenz, die er ohne Zweifel nicht lange hätte aufrechterhalten können, endete jäh. An den Abenden, immer bevor er seine Schreibarbeit in seinem Arbeitszimmer aufnahm, war das Ringen des Dramatikers vorbei. Er weinte dann und dahockend rannen ihm die Tränen, meist fielen sie auf den gelockten Haarschopf seiner Tochter. Sie war eindeutig sein Kostbarstes, das Júlia ihm zurückgelassen hatte. Die Tochter erinnerte ihn an die Mutter. Aber angesichts des winzigen Körpers dieses blonden Teufelchens, seines zarten, erdbeerrosa strahlenden Gesichtleins, musste die heftigste Klage verstummen. Er hatte die Mutter verloren, nicht das Kind. Seine unglückliche Verbindung war wenigstens nicht von Unfruchtbarkeit überschattet.

Luís' tiefer Schmerz fand lange kein Ende, so viel sei verraten. Er litt, aber sein Schmerz war von anderer Natur: Er empfand für sich ein tiefes Mitleid, das sich mit Zartgefühl gegen sich selbst paarte; er tat sich leid, er betrauerte sich selbst. Er beweinte sich, als beweine er das Leid eines anderen, den er sehr gemocht hatte. Wie instinktiv kam ihm seine Kindheit in Erinnerung, er tauchte in sie ein; sein ganzes Leben lief in Bildern vor ihm ab, seine glücklichen, seine verdrießlichen Momente, die Freunde, die er verlor — und all dies beweinte er. Das Herz zerriss ihm, aber im Grunde tröstete ihn dieser schier unendliche Leidenszwang. Er glich einem behutsamen Balsam, der ihn nach und nach heilte. Mitnichten schwächte ihn sein Jammern. Im Gegenteil: Es stärkte ihn. Es gibt Ängste, die stark werden lassen. Sein besänftigender Schmerz nützte ihm sogar. Er horchte in ihm auf den feinsten Widerhall, dessen emotionale Tiefen er in hervorragende Texte umzusetzen wusste. So formte sich in diesen Tagen das Drama *Glória*, das zu einer der elegantesten Studien über das »menschliche Raubtier« zählt.

Wie sehr ihn der Triumph dieses Dramas umhüllte: Jeden Abend ein jubelnder Saal, die Menge tuschelte seinen Namen, er war Mittelpunkt der Gespräche, ein einziger Triumph... Oh! Du güldene Chimäre, du strahlender Stern, du fürchterliche Vergötterung, um die der Künstler ringt, für wen schabt er sich denn aus, für wen zerreißt er seine Seele!... Die wirklich genialen Verse, die erhabene Partitur, die unvergleichlich originelle Idee, die herrliche Skulptur, sie können nur aus der Seele kommen! Überall auf der Welt und zu allen Zeiten haben Junge wie Alte, einer mystischen Pflicht gehorchend, ihre armen Seelen geschunden und ihr anmutige Reime, wohlklingende Töne, ja für sie ihr eigenes Herz entrissen...

Da sind sie, all die Liebessüchtigen, die Ruhmestrunkenen, die Eroberer emotionaler Zwischenwelten! Strahlende, himmlische Göttin, große Entzückerin, wie vielen schenktest du dein Lächeln? So wenigen... so wenigen... Die meisten, die, verrückt nach dir, den Aufstieg beginnen, stürzen jäh auf die Erde zurück... arme enttäuschte, erschlaffte Hahnreie im Staub... haben zerschrundene Hände und angekratzte Herzkammern, die Augen geblendet vom ständigen Anstarren der Sonne. Arme Verfallene!... Viele enden in den Psychiatrien, leben fortan im leeren Raum umherirrender Seelen. Andere verstießen die Göttin und verwenden ihre ganze Kraft, sie leben ohne sie, Seit' an Seit' mit toten Seelen...

Ihr bedauernswerten Streuner, ihr traurigen Bankrotteure mit den bedeutenden Gedichtfragmenten, ihr Unvollender aller begonnenen Meisterwerke der Malerei!...

. . . .

Dennoch zählte Luís de Monforte zu den wenigen Siegern. Er litt weiter, ja, aber sein Triumph war das beste Mittelchen gegen seine Angstgefühle. Ein wohltuender Schmerz prägt sich uns tiefer ein als ein unbedeutendes vollkommenes Glück. Und deshalb sollte der Dramatiker der triumphierenden, wenn auch von einem dichten Schleier der Kümmernis überschatteten *Glória* tiefere Erinnerungen bewahren — und wer weiß schon vorauszusagen, ob sie nicht die besseren sind — als die von den Tagen seiner aureolisch liebesverblendeten *Doida*.

Natürlich sehnte er sich heute wie in einer sich niemals erfüllenden Hoffnung nach dem Abend der Uraufführung der *Glória* zurück, und selbstverständlich wuchs in ihm die Freude der Erinnerung an diesen Abend stärker als die Erinnerung an jeden anderen Augenblick seines Lebens. Wie sehr hatte er an diesem Abend der Erinnerungen die Zertrümmerung seines Herzens gespürt. Eine Welle bitterster Aufgewühltheit drang in sein Innerstes, sein schwindendes Bewusstsein ließ ihn an eine geheime Kraft glauben, die ihn in die Luft riss. Als er auf die Bühne trat, stand er einem tosenden Saal gegenüber, das ganze Theater verschwamm vor seinen Augen, begann sich zu drehen und umkreiste ihn, der im Zentrum stand. Er glaubte, dass diese Meute über ihn hinwegstürze und ihn unter ihrem Gewicht erdrücke. Wenn der Vorhang nicht im richtigen Zeitpunkt gefallen wäre und dem Taumel ein Ende gesetzt hätte, wäre er sicher wirklich zu Boden gestürzt.

Nachdem das Spektakel endgültig zu Ende war, war er allein nach Hause gegangen, zu Fuß. Die Nachtluft war aufgewühlt, es nieselte. Und dieser einsame Spaziergang — oh!

Ihr Geheimnisse der Seele — war vielleicht der glücklichste dieses jungen Mannes seit dem in jener romantischen Nacht vor vielen Jahren. »Mich hat das Unglück hart getroffen«, ging dem Künstler durch den Kopf. Aber plötzlich erkannte er durch das Flackern der Gaslaternen hindurch die großen schwarzen Buchstaben auf den Plakaten, die sein Stück — seine triumphale Nacht — ankündigten. Dann sagte er zu sich: »Sie habe ich nicht... sie nicht... Aber dies hier habe ich... dies hier ist meins...« Und er tastete die feuchten Plakate ab, der Wind hatte sie gelöst, er hatte das brennende Bedürfnis, sie abzuküssen... Immerhin, einmal hatte er geliebt, hatte er eine wunderbare Romanze erlebt, einmal hatte er einen göttlichen, reinen und gülden strahlenden Körper besessen, der viele Male bebend und wie wahnsinnig vor Verzückung in seinen Armen gelegen hatte. Doch die Wahrheit sieht anders aus: sich an eine verklärte Frau erinnern ist immer verklärend — selbst wenn wir sie nie mehr besitzen werden —, und zwar aus einem einzigen Grund: *Weil wir sie besessen haben für einen Tag.* Er hatte alles an ihr besessen; die Liebe war sein. Und heute? Ihm war noch etwas geblieben... etwas sehr Kostbares... sehr Liebreizendes...

*

*   *

Dieser triumphale Abend war der Beginn der wirklichen Heilung des Künstlers. Lediglich die letzten Spuren der vernarbten Wunden mussten noch verschwinden. Die Zeit würde sie heilen. Die Zeit hatte sie wirklich verschwinden lassen, und heute — zwanzig Jahre später — war Monforte ein glücklicher Mensch.

Sein Leben plätscherte nach Júlias Verschwinden ohne Aufregung dahin. Nach weiteren Geliebten stand ihm nicht der Sinn. Hier und da ein Techtelmechtel. Mit ungeteilter Hingabe widmete er sich rund um die Uhr seiner Tochter und seiner Schriftstellerei. Freunde redeten ihm zu:

Mensch, wegen der Kleinen solltest du heiraten.

Der Dramatiker dachte anders darüber: Er wollte für seine Tochter Vater und Mutter in einem sein. Und mit welcher Sorgfalt er sich ihrer Erziehung widmete, er auf ihre körperliche und seelische Entfaltung achtete — auf ihre Gesundheit und ihre geistige Entwicklung!

»Ein Mädchen von einem Mann aufziehen lassen, das ist niemals gut. Der Vater geht aus und trifft sich draußen mit Frauen. Die Kleine wächst unter Fremden auf und lungert bei den Dienern in der Küche rum. Am Ende wird daraus ein scheues Reh, eingeschüchtert schon in jungen Jahren, ohne ausgeprägte Gefühle. Arme Kinder, die ihre Mütter nicht gekannt haben: Ihre Kindheit glich einer einzigen Verzweiflung, einem Leben ohne Zärtlichkeit, ohne Liebkosung, ohne Vorbild.«

So ist es im Allgemeinen, aber nichts davon traf auf Leonor zu. Ihr Vater hielt ein Auge auf sie, wie es wenige Mütter hielten: Er hatte für sein Kind einen Erziehungsplan skizziert, der sich nach und nach als nützlich erwies. Und alle sogenannten *Eltern* würden sich empören, erführen sie von einem solch verwegenen Plan. Ginge es nach den meisten, ließe sich das Erziehungsmodell eines »wohlerzogenen Mädchens« folgendermaßen zusammenfassen: komplette Ausblendung alltäglicher Dinge, Erstickung jeglicher Gefühle und jeglicher natürlichen Begierde. Man erklärte dem Mädchen die Natur als Schande. Aber wie man weiß: Je mehr man einem Dinge vorenthält, desto begehrter sind sie. Und umso listiger, geschickter stellte sich das Mädchen an, all das aufzudecken, was man ihm vorenthielt, bis es schließlich die Wahrheit enthüllte. Es meinte, wenn man die Wahrheit vor ihm verberge, müsse sie etwas Verbotenes sein. Sein unerfahrenes Köpfchen, das noch nicht in der Lage war, richtig von falsch zu unterscheiden, korrigierte die Fehler von alleine... schließlich schmeichelt es uns, im Besitz eines sträflichen Geheimnisses zu sein... das kluge Köpfchen schweigt und verstellt sich. Es täuscht vor, nichts zu wissen und nichts zu verstehen; es bleibt für alle das süße Dummchen, eine Eins in Bescheidenheit und Keuschheit, vorderste Ehre aller Familien und Reiz aller lyrischen Dichter. Unverhofft ein Geschöpf der Heuchelei, jener Heuchelei, die vor den Augen der Allgemeinheit den wirklichen Kern der weiblichen Seele ausmacht. Aber wie zum Teufel könnte man bei einer solchen Erziehung ein anderes Wesen werden?

Oh ja! Die stumme Tragödie zwanzig verheimlichter Jahre eines wohlerzogenen Mädchens!... Ein einziger stechender Schmerz, ein Nadelkissen unterdrückter Worte, permanente Geheimniskrämerei, sinnlose Lügerei!

Bedauernswerte Mädchen meines Alters!... Die kleinen Geheimnisse sind ja niedlich, aber werden sie ausgesprochen, ist alles verloren! Einmal ausgeplaudert, entblößt sich auf eindrückliche Weise schrittweise das ganze Desaster einer völlig irregeleiteten, sich gegen das Leben stellenden, gegen die Natur sich aufbäumenden Erziehung. Dann folgen ersticktes Gelächter, urplötzliches Schweigen, sofortiges Erröten: Sie wissen ganz genau, wann sie still sein sollen, sie wissen genau, was ihnen untersagt ist, und sie besitzen sehr feine Antennen, damit sie nicht gegen diese Prohibition verstoßen — offenbar wissen sie nur zu genau, was der Konventionalismus ihnen anrät zu übersehen. Vor ihren Müttern, vor ihren Tanten oder bei zeremoniellen Begegnungen ist die Welt ganz unscheinbar. In Gesellschaft ihrer Freundinnen hingegen ist aller Tratsch vergessen, das Verbotene wird zum einzigen Thema. Sie verirren sich in Schlüpfrigkeiten und bisweilen, verwegen schüchtern, rühren sie unvorbereitet darin rum, und nur weil sie einfältig sind, erkennen sie nicht, dass die Etikette diesen Schlamm aus den reinen, kristallenen, klaren Wassern erschuf, in denen sie alle unbesorgt völlig nackt baden könnten.

Blind wie alle anderen, werden sie ihre eigenen Mädchen genauso erziehen. Und mit empörtem Hochmut verhöhnt sie die Männerwelt:

— Die Frau ist ein niederes Wesen... grundsätzlich mit geringer Intelligenz ausgestattet; voller Belanglosigkeit, Schlechtigkeit und Falschheit.

Da kann man nur beipflichten. Auf den Punkt. Weil sie sich genau so benehmen. Sie machen sich genauso dumm, wie die Männer sie wollen, die Frau ist tatkräftige Helferin ihrer Demontage. Die Mütter sind die schlimmsten Feinde ihres Geschlechts.

. . . .

Bedauernswerte Mädchen meines Alters, ihr begnadeten Geschöpfe, sprühend vor Leben, stark, kraftvoll, mit euren frechen, roséfarbenen Lippen, euren hervorstehenden Brüsten und kurvigen Leibern; im Namen aller *edlen Vorsätze*, sie stehlen euch euren eigenen Verstand, sie betrügen euch um eure Gefühle!...

Dementsprechend anders war die Erziehung, die Monforte seiner Tochter zukommen ließ — in jeglicher Hinsicht anders, geradezu entgegengesetzt. Eines von vielen Beispielen: Er ließ sie nur die guten Bücher lesen, und er gab ihr alle guten Bücher zu lesen. Zwischen einer sinnlichen, knisternden wie köstlichen Liebeszene eines genialen Künstlers und einem in rosa Herzschmerz dümmlich verpackten Kapitel voller Sterilität — nenne ich letztere Idylle die schädliche Lektüre. All die Bände, die *für alle Leser* geschrieben wurden, dürften niemals in irgendwelche Hände fallen. Ah! Wie verabscheuungswürdig die literarischen Trittbrettfahrer mit all ihrer Sittsamkeit und Ödnis sind, deren Bücher die »ehrbare Klientel« vornehmlich wegen der Heuchelei für ihre Töchter kauft!

Dank der Erziehung ihres Vaters war Leonor mit achtzehn Jahren eine zarte, aber körperlich unbefangene junge Frau, mit ausgeprägter Sportlichkeit, von überschäumender Lebensfreude und Gesundheit. Sie besaß keine vorgetäuschte Scham oder errötendes Wegschauen. Ihre Worte kamen klar und ungehemmt über die Lippen. Sie unterlegte ihre Sätze auch mit keiner artifiziellen Stimme und duldete keinesfalls, dass jemand derart zu ihr sprach.

Nehmen wir nur meine Freunde: Häufig beobachte ich, wie sie sich an ein Mädchen unseres Alters ranmachen und dabei immer solch verzerrte Ausdrucksformen und Körperhaltungen annehmen, die sie sonst nie an den Tag legen. Sie reden in einer Art zugeschnittenen Sondersprache mit ihnen.

»Was weißt du schon!«, schreien sie mir dann ins Gesicht. »Ein bisschen Feingefühl. Man muss bei den Senhoras etwas mehr Feingefühl anwenden.« Wollt ihr sagen, ihr seid anders; ihr wisst, wie man sich als Mann in einem Raum mit Damen benimmt; feinfühlig und zuvorkommend, richtig?

Aber ihr habt schon recht. Ich weiß nicht, wie ich mich in Gesellschaft zu verhalten habe, wie man sich mit den Damen unterhält. Ich weiß es nicht; will es auch nicht ... warum sollte ich wie meine Freunde sein wollen ...

Das ist alles so niederdrückend ... traurig ... so traurig ... Wozu soll es eigentlich gut gewesen sein, unser Leben in ein nicht enden wollendes Missverstehen zu pressen?

Wesentlich fröhlicher sah es hingegen in der Welt des Dramatikers aus, in der es nach Rosen und Glückseligkeit duftete. Als habe das Mädchen als Kind einen Papageien verschluckt, war es quirlig von der ersten Stunde an; heute war es ein Schatzkästlein von leuchtender Schönheit.

Nach der Flucht seiner Geliebten hatte Luís nur noch einen kleinen Kreis um sich: einige wenige Freunde und Kameraden — Dichter, Schriftsteller und Künstler. Fialho de Almeida zum Beispiel versäumte es nie, wenigstens einmal mit ihm zu Abend zu essen, wenn er nach Lissabon kam. Eine nicht anders als eng zu bezeichnende Freundschaft verband die beiden Literaten. Ihre Freundschaft geht auf die Zeit der *Ruiva* zurück, als der Dramatiker den Erzähler um die Erlaubnis gebeten hatte, den Titel für sein Stück zu wählen, war er doch mit einem Romantitel des bedeutenden Erzählers der *Madonna vom Heiligen Felde* identisch.

All diese illusteren Männer sahen, wie rührend die kleine Leonor heranwuchs, die mit elf Jahren bereits die Aufgaben einer Dame des Hauses übernahm und den Tee mit bewundernswertem Geschick servierte. Und als sie auf die sechzehn zuging, wurde ihr nachgesagt, dass sie einem gewissen, allseits geschätzten Poeten älterer Schule hoffnungslos den Kopf verdreht hätte, der ihr wohlklingende und funkelnde Verse widmete. Wir alle kennen und schätzen ihn als einen Heiligen.

Dieser Erziehungsstil sowie das enge Zusammenleben der Tochter mit den Freunden des Vaters war, wie nicht anders zu erwarten, für die entfernte Verwandtschaft Monfortes ein gefundenes Fressen — in persona einige Großtanten, rund wie Fässer und weit über sechzig, nebst einem pensionierten Staatsrat und Wortführer Christi.

Diese braven Leute behielten am Ende recht. Man erzieht Mädchen einfach nicht so. Der Beweis wurde von Leonor wenig später selbst erbracht, direkt auf dem Campo Grande. Man stelle sich vor: Zum ersten Mal sah man in Lissabon eine Frau am Steuer eines Autos. Diese Frau war Monfortes Tochter. Und der Vater saß auf dem Beifahrersitz, bestens entspannt! Allein der Anblick!…

Was für eine Schamlosigkeit, Heilige Madonna…!

III

Luís de Monforte konnte sich über sein Leben nicht beklagen. Wenn es denn Menschen gibt, die glücklich sind, zählte er ganz sicher zu ihnen.

Die Jahre plätscherten dahin, waren ereignislos und tröstlich. Wenn er sich noch an Júlia erinnerte, dann nicht, um sie zu verfluchen. Wie hätte er jemanden verfluchen können, der ihm seine Tochter auf die Welt gebracht hatte. Er verdammte sie, sonst nichts. Am Ende war sie die Unglückliche. Drei Jahre nachdem sie von ihm geflohen war und sich unzähligen anderen hingegeben hatte, nahm sie, im großartigen Szenario einer Villa in Nizza, die ihr irgendein amerikanischen Millionär unterhielt, ein tragisches wie mysteriöses Ende. Ein Liebesdrama oder ein Überfall durch Banditen, Mord oder Selbstmord? Man wusste es nicht. Man fand sie eines Morgens erstochen auf ihrem Bett. Es gab deutliche Spuren eines Kampfes. Aber die Spekulationen begannen, weil die Türen von innen zugesperrt waren und von den Juwelen keines fehlte ...

Ein Ende, das zu Júlia passte! Mit einer flüchtigen Karriere war sie durchs Leben gerauscht, wie ein Meteor am Himmel, der in einem goldenen Strudel verglühte. Arme kurzlebige Seele ... kleiner fallender Stern ...

Die Vergangenheit war also vergessen, und was die Zukunft anbetraf, was konnte der Dramatiker da schon befürchten?

Leonor war inzwischen ein bildhübsches Mädchen von neunzehn Jahren — ein offenherziges, behütetes Mädchen, das sein Zuhause in Duft hüllte und ihm sein Leben versüßte.

Alles in ihm jubelte, wenn er an manchen Nachmittagen mit ihr zusammen ausging und auf der Rua do Ouro alle Männer sich nach ihr umdrehten, um sie zu bestaunen. Diese zum Teil unschicklichen Anerkennungen seitens Unbekannter beflügelten ihn als Vater, der seine Tochter am Arm führte und eher den Eindruck ihres Gatten machte. Luís war mit seinen vierzig Jahren durchaus ein in Körper und Geist markanter Mann. Er hatte nur wenige weiße Haare und bloß die Andeutung eines Faltenansatzes. Er stand auf dem Gipfel seines Talents: Er hatte alles — Gesundheit, Geld und Ruhm. Er konnte sorglos einschlafen und musste nicht an den morgigen Tag denken.

Wie die anderen zuvor, begann das Jahr 1908 wie vom Glück beschienen.

Monfortes Name war mit den Jahren durch Beiträge in literarischen Zeitschriften über die Grenzen hinaus bekannt geworden.

Das Wiener Burgtheater hatte eines seiner Stücke aufgeführt — *Triste Amor* —, ein filigran in Gold ziselierter Einakter, in dem er die gesamte Lyrik Arkadiens zu einem duftenden Äther verdichtete. Aber in diesem Jahr war Paris die Stadt, die er kennenlernen wollte — Paris, die Hauptstadt der Künste, deren Ruf nach Lorbeer alle Künstler lockte:

Antoine, der neue Spielleiter des Odéon, war entschlossen, das überragende Poem — die *Quimera* — in einer Bühnenfassung zu inszenieren, die auf Richepins wortgenauer Nachdichtung von Monfortes Versen basierte.

Das Stück würde im April auf den Spielplan kommen. Ende März reiste er nach Frankreich, mit Leonor. Es begleiteten sie Dr. Paulo de Noronha und dessen Tochter. Paulo war ein Freund Luís' aus Jugendtagen, ein treuer Begleiter für alle Tage, der in glücklichen wie schrecklichen Stunden immer an seiner Seite war. Seine beiden Kinder — Gabriela und Carlos — waren Leonors einzige Kameraden.

Nachdem sie sich im Grand Hotel eingerichtet hatten, begannen Monfortes Proben zu seinem Stück, denen er beiwohnte. Fast täglich platzten die beiden Mädchen mitten in die Arbeit, vorneweg der Doktor, der mit den Päckchen ihrer Einkäufe beladen war, die sie in den *magasins* getätigt hatten. Wie hingerissen von der gediegenen und erhabenen Atmosphäre der im Halbdunkel versunkenen Theatersäle Leonor war! Hin und wieder wagte sie gegenüber ihrem Vater sogar eine Bemerkung zu einem künstlerischen Detail.

»Aber es ist reine Zeitvergeudung, den Proben mit solchem Eifer zu folgen«, gestand Monforte. Antoine übertraf sich. Er achtete das Stück, als wäre er selbst sein Autor, und obwohl seine jungen Schauspieler unerfahren waren, würden Interpretation und Inszenierung einfach unübertrefflich werden. Die Vera Sérgine spielte die Hauptrolle in einer bewundernswerten Weise.

Die Vorzeichen hatten sich erfüllt; *Quimera* wurde ein voller Erfolg, der schließlich jede Nacht den weiten Saal des Odéon bis auf den letzten Platz füllte.

Zwei Monate später, als man schon Vorbereitungen traf für die Rückkehr nach Lissabon, entschied sich der Dramatiker zu einer großen Reise durch Europa. Die Mädchen klatschten vor Freude in die Hände. Nur der Doktor begehrte auf:

»Zum Teufel ... ich habe zu arbeiten ... auf mich wartet viel Arbeit, in Lissabon ...«

»Lass das Geschwätz!«, rief Monforte. »Deine Patienten können ohne Weiteres noch zwei Monate ohne dich auskommen. Für ihren Garaus lass deine Kollegen verantwortlich sein.«

Quengelnd willigte der Doktor ein.

Eine herrliche Reise.

Paris verließen sie eines sonnigen Morgens in Richtung London, das sie alle schon kannten, aber gerne auf ein Neues besuchten. London, diese monströse, fleißige und quirlige Stadt, begeisterte Leonor. Sie sagte darüber:

»Ich weiß nicht, warum, aber dieses Land vergleiche ich mit einem riesigen Haus, in dem alles aufgeräumt ist, alles an seinem Platz steht und wo nichts fehlt. Die großen, randvollen Kleidertruhen, die mannshohen Geschirrschränke, die Speisekammern mit Leckereien, die Getränkekeller. Alldem eine unermüdliche Wirtschafterin in blauer Schürze vorstehend. Von ihrer Schürze hängt in Höhe des Gürtels eine gebundene Schleife, und ihre hochgekrempelten Ärmel lassen rötliche und rundliche Arme zum Vorschein kommen.«

»Mit einem Wort: Ordnung und Wohlstand«, fasste Gabriela zusammen.

»Viel zu prosaisch, diese Grünschnäbel«, empörte sich der Doktor, der trotz seiner fünfundvierzig Jahre, seiner krausen und melierten Haare noch das zarte Herz eines lyrischen Jungspunds besaß. In Englands Hauptstadt wollte er nur die melancholische und nostalgische Stadt der Nebel entdecken, die zu romantischen Balladen inspirierte. Er begann *Lua de Londres* zu zitieren:

Der untröstlichste Stern im nächtlichen Geraune
Zieht müde auf im bleiern schweren Raume
Sein herrlich', fast weißelich Gesicht
Aus feinem Tuch und feuchterem Gemisch...

Aber sie baten ihn, aufzuhören. Sie nannten ihn ein vorsintflutliches Fossil, unausstehlich nervig, und der tapfere Doktor empörte sich weiter, schaffte es aber nie bis zu den letzten Versen der ehrwürdigen und weibischen Ballade, die meine Urgroßmutter schon entzückten:

Hey, du liebgewordener Planet,
Nimm mich, so mondsüchtig verdreht,
Steigen wir hoch zu den wahren Astralen,
Ich, im Banne deiner innigsten Strahlen.
Steigen wir, steigen, bis einer gesteht —
Kein Rätseln, nur gottähnliches Werden;
Du findest Glanz, ich finde Leben —
Über die Wolken aus englischem Brei!

Sie entschieden, nach einem dreitägigen Aufenthalt in Ostende, bis Wien weiterzureisen und in Deutschland keinen Zwischenstopp einzulegen, das sie im Jahr zuvor bereist hatten und das alle, bis auf den Doktor, verabscheuten.

Dieser verehrte es Goethes Werthers wegen, des Rheins und seiner alten Burgen wegen, wegen des Kaisers Barbarossa, wegen der Nibelungen und wegen des Münchener Bieres.

Wien war insbesondere für Leonor und Gabriela, die es nicht kannten, eine Entdeckung. Wie ein kleineres Paris kam es ihnen vor, noch eleganter und aufgeräumter — ein einziger prachtvoller Festsaal, den sie begeistert eroberten.

· ·

Wien, oh! Die Hauptstadt der Wunder, blonde Stadt der Erzherzöge und der strahlenden Paläste! Ich sah dich wie den Körper einer Frau, der sich, von Rosengirlanden umrankt, nackt auf einem verträumten Bett aus weißen Kamelien und Veilchen aus Parma rekelt.

· ·

Als sie bei ihrer Ankunft im Hotel Bristol erfuhren, dass die einzigen zur Verfügung stehenden Zimmer erst in einer Stunde vorbereitet seien, beschlossen sie, obwohl ihre Kleidung vom Kohlenstaub des Orient-Express wie rußgepudert war, über den Ring zu promenieren. Das Hin-und her-Laufen der Passanten vor ihren Augen, die schlanken Offiziere in ihren prunkvollen Uniformen veranlassten den sonst poetischen Doktor Noronha zu folgender realistischen Beobachtung:

»Ich finde, das ist genau wie Lissabon…«

»Warum?«, fragten Monforte und die Mädchen.

»Das erinnert mich an die Rua do Ouro. Jeden Tag dieselben Deppen um einen herum…«

Sie blieben ungefähr einen Monat in dieser herrlichen Stadt. Gewissenhaft besuchten sie ihre Paläste und Museen. Im Prater verbrachten sie unbeschwerte Stunden. Die Frische der Vegetation umhüllte sie wie ein Zauber, und hin und wieder entdeckten sie zufällig eines der kleinen Restaurants mit seinen Csárdás spielenden Zigeunerorchestern.

»Entzückendes und anregendes Szenario, das mir für einen besonders lebendigen Roman geeignet scheint«, bemerkte Monforte.

Aber was den unbelehrbaren Raucher Paulo de Noronha in Wien vor allem in Staunen versetzte, waren die augenscheinlich ehrbaren Frauen im Speisesaal des Hotels, mutmaßlich Gattinnen hoher Offiziere, die mit aller Selbstverständlichkeit vor ihren Männern rauchten. Das konnte der brave Doktor nicht gutheißen und war der Ausgangspunkt für ausgiebige Kontroversen mit seinem Freund.

»Was für ein Unsinn — fauchte er — ich rauche nicht, weil es mir nicht schmeckt. Aber ich erkenne nicht, was am Lutschen eines glühenden Tabakstäbchens kriminell sein soll. Es ist für die Gesundheit schädlich, ja, aber eine Bedrohung für die anständigen Sitten, die wüsste ich nicht zu erkennen. Ich habe dich immer gebeten, sie mir zu erklären...«

Der Doktor konnte sie ihm nicht erklären, denn das Unerklärliche erklärt sich nicht durch Worte. Dafür wurde seine Stimme lauter:

»Völlig klar, ein Immoralist wie du, was kann der schon anderes sagen? Sollte ich meine Tochter beim Rauchen erwischen, würde ich sie verdreschen, und wie ich sie verdreschen würde!...«

»Dann wirst du als Erster bestraft werden«, drohte der Dramatiker, »alle deine Enkelinnen werden wie die Türken qualmen!«

Von Wien fuhren sie nach Budapest, die Stadt der Blumenkästen an den Balkonen, in der, was für den romantisch veranlagten Doktor einer traurigen Niederlage gleichkam, niemand blumengeschmückte Balkone ausfindig machen konnte, abgesehen von den wenigen vor den Fenstern des Hotel Hungária…

Die blaue Donau ließ sie dagegen in Verzückung geraten, und die Brücke — die Erzsébet híd —, die große Hängebrücke, durch deren Rahmen sich ein herrliches Panorama in Pastell abzeichnete, war der alles überwältigende Eindruck, den die ungarische Hauptstadt bei ihnen hinterließ.

Die Stadt war ohne Zweifel sehr hübsch, ihre eigensinnige Architektur, die hier und da mit ihren schmalen Kuppeln den nahen Orient spüren ließ. Aber Leonor bemerkte — und alle stimmten ihr zu —, dass diese riesigen menschenleeren Boulevards und die äußerst bescheidenen Läden sie in ihrer Trostlosigkeit bedrückten. So, wie es vor ihr lag, dachte sie eher an eine hübsche Stadt, die von einem steinreichen Unternehmen in eine Kurregion gesetzt wurde, der es allerdings am erwarteten Publikum mangelt.

»Eine gigantische Weltausstellung mit wenigen Besuchern«, brachte es Gabriela auf den Punkt.

»Überwältigendes Bild, gewöhnliche Ausstattung und geizendes Publikum«, verbesserte der Dramatiker.

Die Zeit war wie im Fluge vergangen. Es war angebracht, an die Heimkehr zu denken. Aber plötzlich opponierte der

Doktor aufs Neue, von dem man sagen könnte, er sei nie einverstanden mit den anderen. Er war entschieden reisefreudiger und wollte um jeden Preis nach Konstantinopel:

»Zum Henker ... Es ist wirklich zu überlegen ... Wir sind nicht mehr weit weg ...«

Nichtsdestotrotz, und dies schien das Schicksal des Doktors zu sein, Noronha musste sich unterwerfen. Die Mädchen waren der Zugfahrten überdrüssig, sie wollten nach Lissabon zurück ... und vor allem die vollen Koffer mit den hübschen Sachen, die sie in Paris gefunden hatten, auspacken.

Sie traten die Rückkehr über Italien an, ein paar Tage Aufenthalt in Venedig und Mailand obendrauf. Über den Simplonpass ging es durch die Schweiz, und dann nach Frankreich. Von Paris brachte sie schließlich der Sud-Express nach Lissabon. Es war Mitte August.

— Eine unverschämte Orgie! — rief Paulo, der Gewissensbisse bekommen hatte, seine Patienten über vier Monate verlassen zu haben.

*
*   *

Wenn Luís de Monforte an die Zukunft dachte, machte er sich oft Gedanken über Leonors dereinstigen Ehemann. Seine Tochter war im heiratsfähigen Alter. Diese rosa Lippen und die Spitzen ihrer bebenden Brüste verlangten nach Küssen — ihr ganzer Körper rief nach Liebe.

Seit Langem hatte er im Geiste einen jungen Mann für sie ausgeguckt — Noronhas Sohn, Carlos. Monfortes sehnlichster Wunsch war, die beiden jungen Leute möchten sich ohne seinen Einfluss ineinander verlieben. Das wäre die Krönung seines Glücks.

Der Sohn des Doktors vereinte in der Tat alle Eigenschaften, die ein zärtlicher Vater sich bei einem Bräutigam wünschen kann. Ein vortrefflicher junger Mann mit besten Aussichten. Letztes Jahr war er Marineoffizier geworden; sein ganzer Werdegang war herausragend. Außerdem war er so etwas wie sein eigener Sohn, ein junger, selbstständig denkender Mann, der aber gleichzeitig die Ideen des Dramatikers Monfortes aufsog. Er hatte ihn einst mit seinen frühesten Niederschriften überzeugt, die der Dramatiker trotz des sich sträubenden Autors veröffentlicht und in einem lyrischen Einakter im Teatro Nacional zur Aufführung gebracht hatte. Er mochte Carlos auch, weil er in ihm einen Verbündeten im Geiste sah:

»Der kleine Loti aus Portugal«, nannte er ihn scherzhaft.

Und in der Tat, von seiner ersten Reise hatte der Marineoffizier einen fertigen exotischen Roman mitgebracht, der geeignet war, seinen Autor in die Fußstapfen Pierre Lotis treten zu lassen.

*

* *

Wie jeden Sommer richteten sich Paulo de Noronha und seine Tochter in einem Haus ein, das Monforte außerhalb von Lissabon besaß. Carlos hatte einen Urlaubsschein für einen Monat und begleitete sie, bevor er zu einer Studienreise in unsere Kolonien aufbrach.

Diese Villa war ein Paradies! Kultivierte Obstbäume, die herrliche Früchte trugen, lichtgrüne Weinberge, Seen mit klarstem Wasser, kleine Wege, die mit Steinen gepflastert waren, gemauerte Sitzbänke und angelegte Blumenbeete. Blumen! Die ganze Anlage war ein herrlicher Garten! Erst kürzlich gestaltete Monforte einen großen Teil des Terrains, der früher ein Kartoffelacker war, in einen betörenden Rosengarten um — zum Leidwesen des Pächters.

Der September ging zu Ende. Die Weinlese stand bevor.

Die Weinlese... Oh! Die Zeit der Trauben und der Liebe... Du Monat September, goldener Monat blonder Beeren, wie wohltuend ist es, dich auf dem Lande zu erleben! In den friedlichen Morgenstunden scheint die ganze Natur zu lächeln... Der Wind trägt Duft und Lieder mit sich... Die Morgen sind sonnig, die Tage strahlend, die Abende kühl und eine Ankündigung des Herbstes — Herbst, du grauer Reiter der Melancholie, du Besänftiger der traurigen Ideen, du aller Verzagten Prinz in deinem Gewand aus Laub... Du Monat September der roten Trauben, wie wohltuend es ist, dich auf dem Lande zu erleben!...

Monforte hatte im großen Salon mit dem Doktor Schach gespielt, als er plötzlich nach dem Abendessen, von der Partie genervt, entschied, in den Garten zu gehen. Beleidigt davon, wollte ihn sein Freund nicht begleiten, er streckte sich auf der Chaiselongue aus und las die *Notícias* ein drittes Mal...

Die Abendluft war mild. Ein traumhafter Nachthimmel mit herrlichem Mondschein.

Nachdem er zu seinem Rosengarten gegangen war, um zu sehen, ob der Gärtner die Blumen ausreichend gegossen hatte, bog er auf den Weg ein, der zum Brunnen bei der

Mühle führte. Aber plötzlich blieb er stehen: Gegenüber dem großen See entdeckte er — welch anmutiges Bild! —, wie sich Carlos und Leonor Hände haltend zärtlich ansahen. Gabriela hatte sich diskret entfernt, um ein Beet mit welken Lilien von Unkraut zu befreien... Und im Schein des Mondes, der sie aureolisch umfloss, erkannte der Dramatiker voller Verzückung, wie sich die Lippen der jungen Leute näher kamen... sich küssten... sich verschlangen...

. . . .

Die Hochzeit von Carlos und Leonor sollte im kommenden Frühling, wenn der Offizier zurückgekehrt war, gefeiert werden.

IV

Doch bevor sich der Frühling zeigte, begann Leonor zu husten. Mit Sicherheit war es nichts Gravierendes, eine gewöhnliche Erkältung, die in Kürze auskuriert sein würde. Der Husten ging jedoch nicht vorüber, er wurde zu einem röchelnden, heiseren, tiefsitzenden Husten. Paulo de Noronha verordnete einen Hustensaft und zuckte mit den Achseln: »Ob man für diese Kleinigkeit überhaupt jemanden belästigen musste?« Wer den Doktor hingegen beobachtet hätte, als er Leonor abhorchte, hätte in seinem Gesicht einen beunruhigten Ausdruck festgestellt. Seinen beschwichtigenden Worten zum Trotz begann er, die Kranke täglich zu untersuchen, und verschrieb neue Therapien. Der Vater schaute sich die Rezepte an und fragte nach:

»Was zum Teufel sollen all diese Fläschchen?«

»Was sie sollen? Wofür sollen die wohl sein... Um diesen unerträglichen Husten auszutreiben, der, wenn er auch keine große Sache ist, immerhin lästig ist.«

Eines Tages meinte Noronha, es sei nicht schlecht, wenn Leonor ein paar Wochen auf dem Landgut verbringen könnte: »Die Luft dort war herrlich. In der Nähe stehen Pinienhaine. Sieh zu, dass die Kleine die schönen, frischen Eier deiner Hühner zu essen bekommt, sie muss mit kräftiger und stärkender Nahrung zunehmen und viel spazieren gehen.«

Als der Dramatiker diese strengen Verordnungen für seine Tochter hörte, zuckte er zusammen. Schon allein deshalb, weil der Husten zuletzt abgeklungen war. Der Doktor erklärte seine Anweisungen mit besänftigenden Worten:

»Mädchen in diesem Alter neigen zur Blutarmut. Es ist nur aus Vorsicht. Ein Monat auf dem Land, und du wirst sehen, die Kleine wird zu Kräften kommen.«

Luís war indes nicht mehr so unbesorgt wie zu Anfang. Und in der Tat, als er seine Tochter genauer betrachtete, erkannte er bei ihr eine deutliche Veränderung; Leonor war dünner geworden, nicht viel, aber gerade so viel, dass man es auf den ersten Blick sah: Die Wangen und die Lippen waren blasser geworden; ihre Gesichtszüge härter.

»Natürlich, ein Monat auf dem Lande«, er musste sich anstrengen, ruhig zu bleiben, »könnte ihr die alte Farbe zurückbringen.«

In den ersten Januartagen begaben Vater und Tochter sich auf die Quinta.

Gabriela hatte ihre Freundin nicht begleitet. Alle Verliebten sind Egoisten: Sie blieb lieber in Lissabon, wo sie ihren Verlobten sehen konnte. Eine Romanze, die zeitgleich mit Leonors und Carlos' öffentlich gemacht worden war: Ein entfernter Cousin, ein Student kurz vor dem Abschluss des Medizinstudiums — eine optimale Wahl... Zeitgleich mit der des Offiziers würde die Hochzeit seiner Schwester stattfinden.

Leonors Zeit auf der Quinta verlief lieblich und vorteilhaft, ein einziger Quell der Ruhe und Heilung. Sie stand früh auf und spazierte über das ganze Anwesen, pflückte hier eine Blume, dort etwas Obst. Danach fütterte sie ihre Hühner mit Mais — eine hervorragende Schar mit herausragenden Exemplaren der besten Züchtungen.

Den restlichen Morgen verbrachte sie mit Lesen auf der Terrasse, die über dem Garten thronte, der mit den Düften seiner herrlichsten Blumen wucherte, die nicht einmal der Januar alle hatte eingehen lassen können.

Aber ihr Vater hatte bald neuen Anlass, sich zu sorgen: Er konnte nicht erkennen, dass die Farbe auf ihre Wangen zurückgekehrt wäre, dass sich diese Lippen gerötet hätten. Und das Schlimmste war, dass nichts ihren alten Appetit hatte zurückbringen können.

Dr. Noronha fuhr jeden Morgen mit dem Auto herbei und verschwieg nicht mehr, dass er inzwischen ernsthaft besorgt war. Dem Dramatiker gegenüber kündigte er an, einen Kollegen mitzubringen, der die Kleine untersuchen möge. Sein Freund wurde augenblicklich blass:

»Ist es...«, stammelte er.

»Nein, gar nicht«, erwiderte Paulo, »aber du weißt doch, besser ist besser, nicht? Vier Augen sehen mehr als zwei. Das ist alles. Sei beruhigt, du kannst mich beim Wort nehmen.«

Aber Noronhas Stimme klang beschwichtigend. Und Monforte hatte begriffen; man konnte sich nichts mehr vormachen. Eine unendliche Bitterkeit war über ihn gekommen. Seine Tochter, krank... seine geliebte Leonor... Ein so kräftiges Mädchen, das nie ein Wehwehchen gehabt hatte... nicht einmal die Masern, die alle bekamen!... Er konnte es nicht glauben, er konnte es einfach nicht… aber er musste es annehmen…

Eine weitere Sache beunruhigte ihn vor allem anderen. Nicht nur ihre Kräfte hatten sie verlassen. Ihre frühere Fröhlichkeit und die Lebendigkeit der alten Tage waren fast vollständig verschwunden. Sie rannte nicht mehr, ihr Kichern war verstummt. Sie brachte nur noch ein trauriges, gequältes Lachen über die Lippen. Vergebens versuchte sie ihren Vater zu täuschen, als er sie fragte:

»Aber was hast du, oh Gott, was hast du? Warum bist du so traurig? Was würde dir gefallen? Sag… Du weißt, dass ich alles, was du willst, für dich tue…«

»Ich möchte gar nichts, Papa«, antwortete sie. »Mir fehlt gar nichts. Du bildest dir das nur ein. Mir geht es bestens.«

Aber sosehr sie sich mühte, war es ihr doch nicht möglich, diese künstliche Überschwänglichkeit länger aufrechtzuerhalten.

Der Dramatiker lebte von da an in einer nicht enden wollenden Qual. Im Teatro da República probte er ein neues Stück. An den Nachmittagen fuhr er nach Lissabon, und allen seinen Schauspielern war die Sorge seiner angsterfüllten Seele offenbar: Sie fanden ihn, der ansonsten kein noch so winziges Detail übersah, der jede Probe mit größter Aufmerksamkeit verfolgte, unkonzentriert und von allem abgelenkt.

Das Stück kam in die Endproben, und Augusto Rosa, der es inszenierte, regte sich auf:

»Mann, ich frage mich immer häufiger, was du hier willst! Um schweigsam in einem Sessel zu hocken, bleib besser zu Hause!…«

Monforte, dem ein gequältes Lächeln über das Gesicht ging, erwiderte:

»Du hast recht. Verzeih mir. Aber es übersteigt meine Kräfte. Das Werk könnte im Übrigen in keinen besseren Händen liegen. Kümmere dich nicht um mich; lass mich einfach hier sitzen, ich bitte dich. Von allen sind dies noch die schönsten Stunden.«

Der berühmte Schauspieler, der die Qualen des Vaters nachvollziehen konnte, antwortete:

»Mein armer Luís, ich bitte dich um Verzeihung, bleib!«, und setzte die Probe fort.

Und ja, diese Stunden waren für Monforte wirklich die süßesten, in denen er seinen Schmerz vergessen konnte. Von irgendwo tief in den lichtlosen Rängen verfolgte er unkonzentriert und mit halbgeschlossenen Augen Fragmente der gelungensten Sätze seines Dramas — alles in ihm fühlte sich von einer betäubenden wie sanften Traumatmosphäre umzingelt. Seine Seele schlief weg, als hätte er Opium geraucht. Vor seinen Augen liefen in diesem Zustand die Jahre seines Lebens vorüber, die Freuden, die Qualen. Und die Zukunft — die heute wie ein einziger Horror sich vor ihm auftürmte —, erschien ihm in diesem Traum heiter: Er sah eine hell erleuchtete Wohnung, Liebende, die sich küssen, die Zärtlichkeiten, die Mann und Frau austauschen, das ausgelassene und liebenswürdige Geplapper einer ganzen Schar von Enkelkindern, die auf seinen Schoß klettern, ihn an den Haaren ziehen und ihm die Brille zerbrechen…

Wenn er nach der Probe auf der Straße aus dem Traum aufwachte, erinnerte er sich wieder an das Leben, bedrängte ihn die Unruhe der Gegenwart. Er verspürte eine enorme Angst zur Quinta zurückzukehren. Er befürchtete, bei seiner Ankunft irgendeine Schreckensnachricht zu hören. Er wusste nicht, welche, andererseits wollte er sich diese auch nicht vorstellen: Irgendetwas, das ihn schließlich zerreißen würde.

Feige vor der Wahrheit, nutzte er daher jeden Vorwand, sich zu verspäten. Er ging in die Buchhandlungen, hielt vor jedem Schaufenster; an jeder Ecke las er die Anschläge. Aber unvermittelt sah er auf die Uhr. Dann bemächtigte sich seiner eine ungeheure Sehnsucht, die Tochter zu sehen, sie zu küssen, sie in seine Arme zu nehmen. Ungeduldig stieg er in sein Auto und forderte dem Wagen eine aberwitzige Geschwindigkeit ab.

Wie immer erwartete ihn Leonor am Eingang und sagte ihm, nachdem er eintrat, mit einem Kuss:

»Du kommst so spät... Ich habe mir schon Sorgen gemacht.«

Er flehte:

»Beruhige dich, meine Tochter. Morgen werde ich früher kommen, ich schwöre es dir.«

Am nächsten Tag kam er jedoch noch später, war er noch abwesender.

Die Wochen liefen immer gleich ab. Der Dramatiker lebte verständlicherweise in einer Schleife der Qual. Dachte er an die Zukunft, ängstigte er sich, schlief er nicht, er verlor den Appetit; und dennoch, in seinen Gedanken — so trüb sie auch gewesen waren — erschien niemals der Aspekt des Todes. Er sah Leonor, wie sie lange Jahre ans Bett gebunden war, sah sie, keiner Bewegung fähig, in einem Rollstuhl sitzend, verkrüppelt, fürchterliche Schmerzen leidend, ah! Aber niemals tot, in einem Sarg liegend, ausgedörrt und fahl, von Blumen bedeckt... Es gibt noch Schicksale, die uns *nicht zustoßen können*. Sie können einfach nicht, da sind wir uns sicher, weil sie zu schrecklich wären, weil sie uns rettungslos zugrunde richten würden. Und derart groß ist unsere Angst vor ihnen, dass wir verdrängen, dass sie eintreffen. Das wird nicht auf jeden zutreffen, aber auf einige, und ich glaube — und spreche aus eigener Erfahrung —, auf viele. »Meine Tochter, sterben? Dieses vor Leben sprühende Geschöpf, sterben, das noch vor Kurzem kerngesund war? Niedergestreckt, dieser kräftige und herrliche Körper?... Unmöglich! Unmöglich! Alles, nur nicht das!...« Wir fürchten uns so sehr vor der Katastrophe, dass wir nicht einmal die Hypothese in Erwägung ziehen, sie könnte uns treffen. Wir leiden ständig, aber aus anderen... aus weniger realistischen Gründen, mit einem Wort, wir leiden lieber aus nichtigeren Gründen. Hier bestätigt sich ein ums andere Mal der ewige menschliche Egoismus, der selbst vor den edelsten und geliebtesten Menschen nicht haltmacht. Weil Egoismus und Feigheit — die hässlichsten aller egoistischen Äußerungen — die Grundlagen der menschlichen Seele sind.

»Verlogene Seele, du Biest!«, will man herausschreien.

Abwarten. Bevor wir ein Urteil fällen, müssen wir einen Gedanken zurück. Schauen wir genau hin, meine lieben Leser: Was soll daran sträflich sein? Vor allem, wenn es *nicht in unserer Hand liegt*. Diese Definition ist hinterhältig, ich weiß das nur zu gut. Definieren bedeutet einschränken, und diese Definition schränkt herzlich wenig ein, wenn man die große Zahl der unnatürlichen Handlungen betrachtet, die keinesfalls verbrecherisch sind — zumindest hält die »Gesellschaft« sie nicht für verbrecherisch. Aber damit wir uns verstehen: Ich sage: *Das Verbrechen ist prinzipiell unnatürlich und nicht zu rechtfertigen.* Andererseits sprechen selbst Gerichte Mörder frei, nicht wenige: Ein Ehemann erwischt seine Frau mit einem Liebhaber; er bringt beide um. Sein Verbrechen war natürlich. Die Geschworenen sprachen ihn frei. Also müssen wir auch die feige und egoistische Seele freisprechen, denn es ist sehr natürlich, dass wir Angst vor Gewehrkugeln haben — *denn Gewehrkugeln verursachen Schmerzen* — und wir uns egoistisch abwenden, aus einem einfachen Grund: *Weil ein jeder nur sich selbst hat.*

Wenn ich ergriffen und mit einem Schauer, der mir den Rücken entlangläuft, die furchteinflößenden Schilderungen der Schiffsunglücke lese, bin ich voller Ergriffenheit über den Mut und die Selbstlosigkeit. Zum Beispiel bei der jüngsten Katastrophe der *Titanic*; ich weinte bei dem Anblick des Fotos einer amerikanischen Millionärsgattin — eine bezaubernde junge Frau im Glück ihres Lebens, ihre Lippen werden feuerrot gewesen sein, in ihren Armen gelegen zu haben, dürfte göttlich gewesen sein, ihre herrlichen Brüste drängten sich in einem gewagten Dekolleté; und in den schrecklichen Stunden des Kampfes um Leben und Tod bei den Rettungsbooten rettete sie Frauen und Kinder — und blieb selbst an Bord zurück, um zu sterben, sie, die Retterin so vieler Leben. Ich weinte, weil ich dachte: Diese wunderschöne Frau war ein lärmendes Kind gewesen und wurde zu jemandem, den das Leben nur anlachte. Sie besaß alles. Sie glänzte in den strahlenden Salons; wenn sie vorbeiging, blieben die Männer stehen und bewunderten sie. Man machte ihr den Hof, sie wurde geliebt. Wie alle hatte sie ihre erste Liebe, die Romanze einer Zwanzigjährigen, ihre Enttäuschungen, ihre Freuden, ihre Traurigkeit erlebt. In ihrem palastartigen Townhouse in New York lebte sie, die verzauberte Königin, umgeben von Reichtümern; sie besaß Perlenketten, Diademe mit Saphiren. Sie eilte regelmäßig durch die Korridore und Empfangsräume — als aufmerksame Hausfrau. Ihre scharfen, elfenbeinfarbenen Zähne hatten von roten, von goldenen Früchten abgebissen; ihre feenhaften, blassen und langen Finger hatten Rosen, Veilchen, Kamelien gepflückt, fantastische Anemonen, Orchideen... Zu ihrem Leben hat vielleicht eine große Liebe gehört. Und als sähe ich sie wirklich vor mir, sah ich die Lippen eines stürmischen Mannes sich in einem Winkel eines riesigen, strahlenden Tanzsaals auf die ihren drücken; ich sah ihren nackten, ihren hinreißenden, nackten Körper, der sich voller Wahnsinn den Küssen des Liebhabers hingab. Und ich weinte: Dieses göttliche Geschöpf, diese Frau, die einst gelebt hatte, die geliebt hatte, die gelacht und geweint hatte, rannte heute, mitten auf dem Ozean, selbstlos über das Deck mit lauter Verlorenen und rettete, ja entriss mit ihren eigenen Händen — Übermutter, die sie war — die todgeweihten Kinder anderer Frauen dem Tod! Die Minuten rasten dahin, das Schiff versank jeden Augenblick in der Tiefe... Von einer inneren, von einer sich aufbäumenden Kraft getrieben, rannte dieser grazile Körper wie im Rausch und von einer erhabenen Aufgabe ergriffen über das Deck... Die Rettungsboote waren voll; sie selbst hatte dafür gesorgt und nicht ansatzweise daran gedacht, einen Platz für sich zu reklamieren! Erschöpft setzte sie sich nieder, kreuzte die Arme, und höflich erwartete sie den Tod, und so höflich, wie sie gelebt hatte, versank sie im Ozean... Armer liebender Körper, arme großherzige Seele! Dieses Schiff war der letzte Salon gewesen, in dem sie getanzt hatte, das letzte Bett, in dem sie geliebt hatte. Ich weinte, ich verspürte ein unendliches Leid beim Anblick dieses schönen Gesichts: Ich liebte sie, ah! Ich liebte sie eine Sekunde lang mit allen Kräften meiner Seele! Ich weinte...

Aber dies alles, dies ist Literatur... ist alles Ausnahme... Schauen wir noch einmal zurück: Hinter derselben Katastrophe finden wir auch das wahre Leben, das einem Horror gleicht — die zwei Italiener sind erschossen worden, weil sie vor den anderen, vor all den Frauen, vor all den Kindern ins Rettungsboot wollten, leben wollten. Leben wollen! Gibt es einen edleren Wunsch, einen heiligeren!?... Der Mensch — unverbesserlicher Poet —, Allesumgestalter, Allesdurcheinanderbringer, Allesverdreher, erschuf aus seiner Geringschätzung des Lebens eine der edelsten Tugenden — nicht anders hat er die Lust in eine verheimlichte Schande verwandelt, die man mit allergrößter Verklemmtheit vor den Kindern verbirgt. Da habt ihr die Überlegenheit des Menschen: die Umkehrung der natürlichen Gefühle, eine echte Überlegenheit, denn sie bringt eine Revolution zum Ausdruck: Die Tiere, die niederen Wesen, revoltieren nicht, sie nehmen die Natur an. Dumme Revolution, trotzdem. Wer das Beste besaß, sollte keine Revolution anzetteln, um das Schlechteste zu erlangen. Schließlich ist die Natur eine der wenigen Sachen, bei denen sich die Verbesserung nicht lohnt, denn wer sie mit Blick auf die Gefühle verbessern wollte, büßte den Schaden ewig.

»Was will er uns damit sagen«, gellen Sie mich an, »will er mit dem ganzen leeren Geschwätz andeuten, dass er diese hundsfeigen Italiener bewundert und die für verbrecherisch hält, die sie mit einer Kugel niederstreckten?«

Verzeihung. Ich bin ein Mensch. Ich bewundere sie nicht; auf den ersten Blick ekeln sie mich sogar an, ihr Beispiel lässt mich rebellieren. Ich verzeihe ihnen und fühle — laut und deutlich sage ich es hier — ein unendliches Mitleid mit ihnen. Mein Schmerz ist mindestens verhalten; weder bebe noch weine ich, wie angesichts des Porträts dieser erhabenen Frau.

Literatur, meine Freunde, Literatur...

. . . .

Der Arzt, den Paulo de Noronha aus Lissabon mitbrachte, um die Tochter des Dramatikers zu untersuchen, war ein anerkannter Spezialist für Lungenkrankheiten. Als Monforte seinen Namen hörte, zitterte sein ganzer Körper: Zum ersten Mal erfasste er bewusst das Ausmaß der Situation. Er hatte sich gesorgt, bis dahin, er war sehr besorgt, gewiss, aber er wusste nicht so recht, worüber. Jetzt jedoch, nach dem unvermeidlichen Namen des Arztes, wurde ihm alles klar. Es war der Anfang, der angstvolle Marsch einer nicht verzeihenden Krankheit — der Husten, die Gesichtsblässe, die verlorene Freude... viele Konsultationen des ersten Arztes, neuer Ärzte, einer Schar von Ärzten: ein Kalvarium, an dessen Ende nur ein durch Mark und Bein gehender, ein herzzerreißender Horror stünde, der nicht eintreffen durfte, der nicht wahr werden durfte. Jene Schicksale, die uns nicht treffen können...

Nach der Konsultation verlangte Luís höflich, dass man ihm die ganze Wahrheit sage. Und der Spezialist sprach:

»Für heute, mein Herr, müssen Sie sich keine Sorgen machen... lediglich der linke Lungenflügel ist ein wenig gereizt... oh! Beinahe gar nichts, dafür verbürge ich mich. Aber man muss diesem Leiden mit Vorsicht begegnen. Ihre Tochter ist eine sehr starke Frau... Wenn Sie sich genau an die Behandlung halten, da bin ich sicher, wird sie in Kürze zu ihrer alten Form zurückkehren. Was die Behandlung anbetrifft, da stimme ich mit meinem ehrenwerten Kollegen völlig überein. Einige Monate in der Schweiz werden sehr hilfreich sein. Wenigstens deutet alles darauf hin, dass es so sein wird. Das sage ich Ihnen, weil es besser ist, auf alle Eventualitäten vorbereitet zu sein... Vor allen Dingen, mein Herr, lassen Sie den Kopf nicht hängen. Den Kopf sollte man nie hängen lassen.«

Diese zweideutige und sich widersprechende Sprache, Merkmal der Mediziner, die in einem Satz eine Hoffnung garantieren, um einer gegensätzlichen Hypothese vorzubeugen — folterte den Künstler mehr, als wenn man ihm gesagt hätte:

»Ihre Tochter ist verloren.«

Es gibt Seelen, und Monforte ist eine von ihnen, für die die Ungewissheit die schlimmste aller Folterqualen ist. Haben wir die Gewissheit — und mag sie noch so bitter schmecken —, leiden wir wenigstens nur ihrethalben. Wenn wir sie jedoch nicht haben, wenn wir nur den Zweifel haben, steigert sich unser Martyrium ins Unermessliche: Wir leiden unter diesem in schreckliche Gewissheit verwandelten Zweifel und unter der Hoffnung, die der Zweifel beinhaltet.

Mit einem Wort: Im ersten Fall leiden wir aufgrund fehlender Illusionen; im zweiten wegen fehlender und eintretender Illusionen im Wechsel: eine sich fortsetzende Qual, in der wir uns zerreißen und wahnsinnig zu werden glauben.

Und spätestens jetzt, als der Spezialist sich verabschiedete und er erkannte, dass er ihm nichts Klares entlocken konnte, bat der Dramatiker seinen Freud, dass er ihm mit offenen Worten die schonungslose Wahrheit sage.

Und der Doktor, der ihn gut kannte, antwortete ihm:

»Mein armer Luís, insbesondere zu dir will ich aufrichtig sein. Hier hast du, wie es mit ihr steht: Leonors Zustand ist beunruhigend. Vor allem sind wir überrascht, wie die Krankheit mit solcher Wucht in einen so starken und gesunden Körper wie den ihren einfallen konnte. Inzwischen hält der Zustand deiner Tochter lange an, zu lange, um nur verzweifelt zu sein. Ihre bisherige Widerstandskraft ist heute die beste Garantie. Sieh am besten so schnell wie möglich zu, dass du mit ihr in die Schweiz fährst. Ich empfehle dir Davos. Und ich glaube, fest glaube ich, dass wir in Kürze aus diesem schlechten Traum aufwachen werden.«

Diese aufrichtigen Worte waren wohltuend. Der Mann der Tatkraft, der in ihm schlummerte, erwachte, der Entschlossene und der Mann mit eisernem Willen. Es ging um Leben und Tod. Mit der Kraft der Fürsorge und der Liebe würde er seine Tochter retten. Er hatte das Werk vor Augen, das er beherzt anpacken musste. Er würde es zu Ende bringen, er war sich dessen gewiss!

. . . .

Doch bevor sie in die Schweiz aufbrachen, spie sie das erste Mal Blut.

V

Die ersten Tage in Davos waren hoffnungsvoll gewesen. Leonor wollte leben, wollte lieben — und da sie fest entschlossen war, zweifelte sie nicht, dass ihr die wohltuende Gebirgsluft bald die verlorene Gesundheit zurückgeben würde.

Sie war willens, folgsam alle Regeln, die ihr die Ärzte auferlegten, zu befolgen, um eine baldige und radikale Heilung zu erreichen, und hatte sich mit ihrem Vater in einem der besten Sanatorien einquartiert. Täglich verbrachte sie viele Stunden auf der Sonnengalerie. Unter einem herrlich blauen und wolkenlosen Himmel sitzend, entfaltete sich vor ihren Augen ein überwältigendes Gebirgspanorama. Die Luft, die von den hohen Bergen herunterkam, prallte auf ihr Gesicht, und Leonor sog sie ein, denn diese köstliche, reine Luft bedeutete Leben, Gesundheit, Liebe.

Nach wenigen Tagen hatte sie die Bekanntschaft anderer Kranker gemacht; ihre bevorzugten Begleiter — zeitweilig die einzigen, die sie aufheiterten — waren ein dänischer Student, Kristian Ussing, und eine Schauspielerin aus Paris, Mademoiselle Yvette Dolcey. Ihr hatte sie sich angenähert, weil ihr der Ruf einer aparten Person vorauseilte. In der Tat, das ganze Sanatorium wusste, dass sie eine niedliche Aktrice war — und diese zwei Eigenschaften, Französin und Schauspielerin, zählten für die *ehrenwerte Gesellschaft* zu den suspektesten. Deshalb enthielten sich die »würdigen Damen« kleinlich selbst eines »Guten Tags«, wohingegen die Herren einen galanten Bogen um sie machten...

Yvette war eine hinreißende junge Frau. Sie besaß eine offene, spontane und unabhängige Natur ohne dumme Eitelkeiten. Mit einer bewundernswerten Schlichtheit redete sie über ihr Leben, sprach sie über ihre Hoffnungen. Gerührt erwähnte sie den Namen Robert Lagrange — offensichtlich ein junger Dramatiker, Autor des *Inferno* —, der ihr das Sanatorium in der Schweiz bezahlte. Er war es gewesen, der sie aus dem Schneideratelier befreite, in dem sie verkümmerte, der sie erstmals auftreten ließ in einer seiner Inszenierungen. Das Kindchen schien berufen gewesen zu sein; eine rosige Zukunft lag vor ihr. Aber eine nicht auskurierte Krankheit kam dazwischen — die Folge einer entbehrungsreichen Kindheit, einer Jugend harter Arbeit und nicht zuletzt eines fiebernden Theaterlebens. Sie verdankte Lagrange alles — sie wurde nicht müde, dies hervorzuheben —, bis in den Tod wäre sie ihm dankbar.

Kristian Ussing studierte Jura in Kopenhagen. Er war ein großer, ein extrem hochgeschossener und blonder junger Mann mit großen blauen und melancholischen Augen. Bevor sie ihr erstes Wort mit ihm gewechselt hatte, war sie hingerissen, wie er sie mit seinen nostalgischen Augen ansah. Doch mit den ersten gewechselten Worten hatte sie die Erklärung dafür erhalten: Eine Schwester des Dänen sah ihr wie aus dem Gesicht geschnitten ähnlich — so, als wären sie Zwillinge, beteuerte Kristian.

Die drei geschwätzigen Patienten verbrachten ungezählte Stunden auf der Veranda und atmeten die heilsame Luft der Alpen ein. In jedem Satz ihrer Unterhaltung schwang Hoffnung mit — ihre großen Pläne, ihre großen Träume: eine anspruchsvolle Rolle in einer neuen Komödie von Lagrange, die Yvette im Renaissance-Theater zum Leben erwecken würde in der nächsten Spielzeit; Ussings Vermählung in nicht einmal zwei Jahren, wenn er das Studium beendet hätte; und Leonor sparte alle Freuden der Zukunft für die Zeit an Carlos Seite auf — alle Hoffnungen einer Zwanzigjährigen, alle Illusionen, die sie besaß.

Regelmäßig mischte sich Luís unter die plappernden jungen Freunde. Er fragte Kristian über die skandinavische Literatur aus, informierte sich bei Mademoiselle Dolcey über ihre Verbindungen in der Pariser Theaterwelt, und die junge Schauspielerin — die eine enge Freundin von Vera Sérgine war — berichtete ihm von dem allseits berichteten Lob, das sie in Zusammenhang mit ihm über die bewunderte *Quimera*-Darstellerin gehört hatte.

Zwei Wochen waren vergangen. Monforte jubelte innerlich. Er sah Leonor glücklich, mit ihrer alten Lebensfreude, und er sah ihre Lippen ebenfalls röter und ihre Wangen frischer werden.

Aber diese Hoffnungen waren nicht von Dauer. Einen Monat später wurde seine Tochter wieder blasser und antriebsloser.

Er erkannte, dass die Bergluft dem bereits durch die unerbittliche und unbarmherzige Krankheit ausgehöhlten Körper im Grunde nicht mehr vorteilhaft gewesen war.

Der ungeheure Wunsch zu leben war es gewesen, der ihr die Gesichtsfarbe und den Lebenssinn zurückgebracht hatte, die ihm eine baldige Genesung vortäuschten. Doch mit den letzten Tagen hatte sich die Illusion zerschlagen; die Wirklichkeit war niederschmetternd: Ihre Genesung tendierte gegen Null; sie spürte in der Brust denselben drückenden Schmerz und in ihrem Körper dieselbe alte Müdigkeit. Niedergeschlagen und erschöpft ließ sie sich von der Krankheit wieder einnehmen.

Die Ärzte widersprachen dem Vater: »Es gibt keinen Grund, erschreckt zu sein«, versicherten sie. Der Verlauf sei vollkommen normal: sich abwechselnde Phasen der Besserung und der Rückschläge, um in das Stadium unbeeinträchtigter Konvaleszenz überzugehen. »Und überhaupt, nach einem Monat einzuknicken, wir haben Patienten, die ganze Jahreszeiten hier verbringen und, obwohl geheilt, wiederkommen, um ihre Lungen zu stärken!...«

Dieselbe Meinung vertrat Ussing, der sich auf sein eigenes Beispiel stützte: Er sei vor etwas weniger als einem halben Jahr in Davos angekommen und würde trotz der Opfer, die dies für seine Familie bedeute, keinen Moment zu früh abfahren.

Wenn man gesehen hätte, wie er anfangs aussah... Ein Leichnam auf zwei Füßen! Aber nach und nach, weil er nicht aufgab, sei er zu Kräften gekommen. Und heute sei er frei von Rückschlägen. Er könne gut und gerne abreisen. Er hätte aber verlängert, um sich seiner Heilung sicherer zu sein. Geduld, viel Geduld — das sei das Wichtigste...

Die Aussicht auf einen weiteren Monat vermochte Leonor nicht zu beruhigen. Sie flehte ihren Vater jeden Tag an, sie aus diesem Inferno zu befreien — denn das Leben im Sanatorium sei für sie zum wahren Inferno geworden. Sie konnte nicht, sie konnte einfach nicht länger bleiben. Alles daran erschreckte sie, bereitete ihr Übelkeit. Sie überkamen Schauder und Ängste, wenn sie auf der Veranda mit ihrem Blick auf die Berge, deren Panaroma sie einst begeisterte, ruhte: Ihr war, als kämen all diese Berge wie eine monstrröse Herde gigantischer Kraken auf sie zu, bereit, den Körper zwischen ihren gierigen und furchterregend schwarzen Tentakeln zu zerquetschen. Der Kontakt zu den anderen Patienten ekelte sie an; die Teller, das Besteck, die Wäsche, die all diesen Kranken zugleich diente. Der Vater schlug vor, die Einrichtung zu verlassen und ein Landgut anzumieten. Aber seine Tochter lehnte ab. Was Leonor wollte, war abreisen. Nach Lissabon und auf ihre Quinta zurück. Dort gab es weder Gletscher noch Berge; es gab da nur Sonne und Rosen. Und sie sehnte sich so unendlich nach der Sonne und nach den weißen Rosen in ihrem Garten.

Der Vater flehte sie an, nicht so ungeduldig zu sein, sie möge es sich überlegen und noch eine Zeit lang warten. Doch Leonors Zustand wurde schlimmer. Ihre Gesichtszüge waren erneut aufgefrischt, aber es waren nicht die Farben der Gesundheit — sie waren die Anzeichen des Fiebers. Ihr ganzer Brustkorb erbebte in einem Anfall von keuchendem und zerreißendem Husten; das Tuch, das sie an den Mund hielt, färbte sich plötzlich mit Blut.

Auf den Ratschlag der Ärzte des Sanatoriums, denen eine derart starke Erkrankung nicht genehm war, auch wussten sie nur zu gut, was ihr in kürzester Zeit bevorstand, erfüllte Monforte den Wunsch seiner Tochter und willigte ein. Die beiden kehrten nach Lissabon zurück. Wieder eine Zeit der Hoffnung: Zwischen ihren Blumen und all ihren anderen Dingen schien Leonor kleinste Andeutungen einer Besserung zu zeigen.

Aber, noch vor Ablauf eines Monats starb die arme, liebreizende Braut an einem milden Frühlingstag, an einem Nachmittag voller Rosen und Sonne...

....

*

*　　*

Was während der letzten Tage der sterbenskranken Leonor in Monfortes Seele vor sich ging, vermag niemand in Worte zu fassen. Ein nicht endendes Angstgefühl der Unausweichlichkeit und Auslöschung, unbenommen, aber eines von solchem Ausmaße, dass es sich aufgrund der Heftigkeit für ihn beinahe nicht wie Schmerz anfühlte: Haben wir die Grenzen des menschlichen Schmerzes überschritten, taumeln wir angeschlagen, als hätten wir einen Hagel brutaler Faustschläge gegen den Kopf erhalten. Der Verstand verlässt uns, und das Leben überzeichnet sich in unseren Augen in den vagen Farben eines Alptraums — ein einziger Horror, keine Frage, aber wir träumen ihn in dem Bewusstsein, dass es nur ein Alptraum ist.

Genau dies traf auf den Dramatiker zu. Er weinte nicht, er sprach nicht, er dachte nicht. Wenn man eine Frage an ihn richtete, grummelte er zurück, redete er unzusammenhängende Sätze, die nichts besagten. Alle respektierten den unermesslichen Schmerz des Vaters, und sogar Dr. Noronha versagte sich seine tröstenden Worte. Alles, was man ihm gesagt hätte, hätte seine Qual nur verschlimmert.

Halb dem Wahnsinn verfallen, halb umnachtet, hatte er gefühllos über das sanfte Ende der Tochter gewacht und empfing er nun, in Trauer gekleidet — im abgedunkelten Salon —, seine Freunde, die ihm beistehend ihr *Beileid* aussprachen. Die ewige menschliche Komödie... Erst als der schwere Sarg aus Mahagoni auf die schwarze Kutsche geladen wurde, erst als sich die lange Reihe der Wagen in Bewegung setzte, wachte Monforte aus seinem Alptraum auf und erkannte er, erkannte er vor seinen erwachten Augen sein ganzes Unglück. Zum ersten Mal weinte er; er weinte nicht um Leonor, sondern wegen des totalen und unausweichlichen Scheiterns seines ganzen Lebens. Denn das war es genau genommen: Nach diesem Ereignis war sein Leben eine einzige Ruine, ein Trümmerhaufen. Unter den Trümmerteilen lag er begraben — er war ebenfalls gestorben. Deshalb dachte er auch nicht an Selbstmord: Es gibt so verzweifelte, so unendlich grausame Angstgefühle, die uns mit einer deutlichen Ahnung zurücklassen — aber ja, wir besitzen eine sehr präzise Vorstellung davon —, wie wir uns jenseits des Todes bewegen. Aus geringeren Gründen, aus Nichtigkeiten und kleinlichen Hemmnissen fällt uns an vielen Tagen ein, mit einer Kugel überzulaufen — bisweilen greifen wir wirklich zum Revolver. Trotzdem denken wir angesichts einer schrecklichen, einer in gewisser Hinsicht so immens schrecklichen Katastrophe, dass wir nicht einmal hypothetisch zulassen, sie könne uns selbst treffen, keinen Moment lang an diese Befreiung. Wir ziehen sie nicht in Betracht, weil der Schmerz so unermesslich ist, dass wir nicht einmal im Tod einen Ausweg daraus erkennen — unser Schmerz ist so groß, dass wir daran schon gestorben sind. *Und da wir gestorben sind, spielt es keine Rolle, dass wir weiterleben.* Und mehr noch, unter dem Gewicht dieser Angst ist unser Wille wie ausgelöscht. Man mag sagen, was man will, für das Abfeuern einer Pistole auf sich selbst, für den Sprung von einer Brücke, für die Einnahme eines Fläschchen Gifts ist eine große Willensanstrengung noch immer unerlässlich.

»Ah, das soll heißen: Sie halten den Suizid nicht für eine Feigheit?«

»In keiner Weise! Ich halte den Selbstmörder für ein enorm mutiges Geschöpf. Nein, bitte keinen Zwischenruf... Ich weiß ganz genau, dass ein Selbstmörder ein Überläufer ist: Das Leben wird für ihn zu einer Unmöglichkeit; er flieht davor. Das stimmt. Freilich muss er für seine Flucht zu gewalttätigeren Methoden greifen — die zugleich weitaus mutiger sind — als die Methode des Weiterlebens. Lebte er weiter, hätte er sich letzten Endes mit dem Common Sense abgefunden — ›Das Leben ist ein ewiger Kampf‹ —, pure *Unterwerfung.* Aber er unterwarf sich nicht, er starb durch seine eigene Hand — dies bedeutet, *er lehnte sich auf.* Nun, meine lieben Leser, ›Auflehnung‹ war schon immer ein Synonym für Kühnheit, für Mut, für Energie.

Die Selbstmörder! Ah, mit welcher Euphorie ich sie bewundere, wie sehr ich sie respektiere! *Sie setzen in die Tat um, was sie sich vorgenommen haben.* Zeichnet sie nicht große Überlegenheit aus! Sie sind weit mutiger als ich, der ich den Wunsch so sehr hege und niemals fähig sein werde, einen Revolver auf meinen Schädel abzufeuern. Wer wie ich gähnend durch den Alltag kommt, überdrüssig wie ich ist und weiterlebt, ist nicht nur ein Feigling — er ist ein erbärmlicher Feigling.

Ich hoffe inständig, man möge hierin keinen hohlen und herbeigeredeten Pessimismus des literarischen Nachwuchses herauslesen. Obwohl die Worte von einem Schriftsteller stammen, sind sie ausnahmsweise ernst gemeint: Ich bin zweiundzwanzig Jahre alt, und ich glaube an gar nichts; ich sehe mich um und erkenne nichts, was mich anziehen könnte, nichts Verlockendes, nichts, wofür man zu leben hätte. Ich fühle, ich fühle es am ganzen Leib, wie man mir den Körper mit einer dickflüssigen Gipsmasse überschmiert, die mir jede Bewegung unmöglich macht, die mir die Muskeln versteift.

Gegen die physische Krankheit, zu der mein Leben geworden ist, gibt es nur ein Heilmittel: die Vernichtung. Dennoch werde ich nie die notwendige Willenskraft haben, dieses furchtbare Elixier zu schlucken. Meine lieben Leser dürfen vollkommen entspannt sein. Ich werde trotz alledem auch morgen leben; obwohl mich nichts unterhält, werde ich es nicht aufgeben, in die Theater zu gehen; obwohl ich an nichts glaube, werde ich ein Buch nach dem anderen verfassen, immer noch ein Buch obendrauf, weitere sinnlose Schlachten um die goldene Chimäre... meine Erbärmlichkeit hinausschreiend, das Leben verfluchend, werde ich alles genießen, was es mir — wie jedem anderen — an Gutem bietet.

Nichts anderes habe ich getan, als dies aufzuschreiben...
Literatur, ihr Leser, Literatur...«

. . . .

Einige Tage waren vergangen.

Dr. Noronha und seine Kinder wohnten weiterhin in Monfortes Anwesen, das der Dramatiker trotz Paulos inständiger Bitten nicht hatte verlassen wollen — Carlos war genau eine Woche vor Leonors Tod zurückgekommen. Aus Furcht, Monforte könnte irgendeine Untat begehen, er könnte seinem Leben ein Ende bereiten oder angesichts der Heftigkeit des Schicksalsschlags plötzlich den Verstand verlieren, reisten der Doktor und seine Familie nicht ab.

Und in der Tat, der Schriftsteller schien bereits wahnsinnig geworden zu sein. Er stand sehr früh auf und ging hinaus auf seine Quinta, wo er stundenlang wie ein Automat, den verlorenen Blick auf etwas Unbestimmtes gerichtet, durch den großen Rosengarten lief. Vor allen floh er; seine Mahlzeiten brachte man ihm auf das Zimmer. Sein Leben glich einem Wachtraum, aus dem er nur wenige Male aufwachte, um das unbegreifliche Martyrium seiner Seele Paulo oder dessen Kindern gegenüber herauszuschreien.

Noronha, dem einfiel, dass Gabrielas Anwesenheit schmerzhaft für Monforte sein könnte, weil sie ihm das Bild der Verschwundenen wachhielt, dachte daran, sie fortzubringen. Aber Luís flehte ihn an, es nicht zu tun: Die grazile Figur einer Zwanzigjährigen vor sich dahingleiten zu sehen beruhigte seine gefolterte Seele. Wenn er von Ferne den umherziehenden Schatten dieses lieblichen Körpers erblickte, legte sich seine Angst. Sie schien ihm wie Leonor, die lebendig und fröhlich, zukunftsfroh zwischen den Rosen spaziert. Ihre Abwesenheit zerriss ihn. Folglich war alles, was ihn an Leonor erinnerte, von Vorteil. Dies erklärt, warum er in den Morgenstunden durch den Garten vagabundierte, der der unschuldig Verstorbenen so sehr gefallen hatte. Die Augen geschlossen, diese köstliche und duftende Luft einsaugend, fand der Dramatiker das Trugbild seiner Tochter und hörte er ihre fröhliche Stimme rufen, während sie unweit die betäubenden Blumen pflückte.

Zunehmend wurde der Kontakt zu Gegenständen, die ihn an sie erinnerten, zu einer handfesten Obsession — ein Vorstadium eines sich möglicherweise andeutenden Wahnsinns. Trotz des Flehens des Doktors zog er sich täglich auf sein Zimmer zurück und erging sich in zeitraubenden und stechenden Kontemplationen über jedwede Gegenstände, die Leonor in den Händen gehabt haben könnte — ein Taschentuch, ein Bändchen, ihr Nähkörbchen, ein begonnenes Aquarell. So sind sie also, die großen Leidenskünste: voller Kindereien, die, wenn sie nicht so grässlich wären, uns beinahe lachen ließen.

Nachdem ein paar Wochen vergangen waren, entschied sich der Dramatiker jedoch, in sein Haus in Lissabon zurückzukehren, und bat seinen Freund plötzlich um Verzeihung, da er ihn allein ließe. Paulo, der nicht wirklich etwas Unangenehmes daran finden konnte, ihm diesen Wunsch zu erfüllen, beschränkte sich fortan darauf, an den späten Abenden ein paar Minuten bei ihm reinzuschauen und zu bekräftigen, wie wichtig es sei, Mut zu fassen, zu arbeiten, zu vergessen…

Der Künstler lachte bei diesen Worten mit verzerrtem Mund. Ah! Wie kleinlich sein Werk sich vor ihm aufbaute, wie leer ihm sein ganzer Ruhm vorkam!… Warum sollten ihm Werke oder Ruhm von Bedeutung sein, wenn ihm keines von beiden ein Fluchtort vor seinem Schmerz sein konnte? Die Unsterblichkeit, die er schon zu Lebzeiten erreicht hatte, seine Triumphe, sein Genie — all dies waren Kartenhäuser, schaumige Wolken, goldene Trugbilder. Die Wirklichkeit war eine andere, eine ganz andere. Und nur sie — die furchteinflößende Wirklichkeit — sah er vor sich, in Gestalt eines undurchdringlichen Bollwerks, das Riesen und Jahrtausenden standhielt.

Monforte, der erkannt hatte, dass die Erinnerung seine einzige verbliebene Linderung war, dachte nicht daran zu arbeiten und noch weniger daran, zu vergessen. Wie ein verirrter Wallfahrer streifte er unsicher durch die weiten Räumlichkeiten, die heute verlassen dalagen, kühl und unwirtlich. Er hielt sich ganze Vormittage in Leonors Zimmer auf; er öffnete die großen überquellenden Schubladen mit ihren Wäschestücken. Sein Körper bebte heftig in einem fröstelnden Schauder, als er diese Seiden, diese Leinen, diese Spitzen, diese Bändchen sah — diesen betörenden und frivolen Schaum —, es war, als zerspringe sein Herz wie nach einem Stromschlag. Die Tränen flossen wie Sturzbäche — Tränen, die nur aus der Tiefe der Seele stammen konnten, die der heilige und folternde Schmerz, die stärkste aller menschlichen Qualen, waren.

Aber dies genau wollte er: viel leiden, viel, mit dem verirrten Antlitz der galant verstorbenen Leonor, das sich auf seine Stirn legte. Sodass die Künstlichkeit seiner herzzerreißenden Todesklage ihm zugleich Balsam war. Gebannt vor ihrem Bild weinte er über Stunden und führte schließlich ein Bündel jener verwirrenden Unterwäsche an seine Lippen, die, betörend, einen goldenen Duft nach Jugend und Fleisch verströmte. Gefangen in einem Verlangen, in einem Delirium, das sich mehr nach Lust als nach Schmerz verzehrte, küsste er das Bündel, küsste er es gierig ab...

In ähnlicher Besessenheit fuhr der Dramatiker — wie es die Angewohnheit der Tochter gewesen war — an den Nachmittagen mit dem Auto vor die Stadt, um dort die beliebtesten Spaziergänge der Verblichenen nachzugehen.

Auf diese Weise mochten zwei Monate vergangen sein, bis er eines Abends Paulo gegenüber erklärte, dass er beschlossen habe, lange ins Ausland zu reisen. Der Doktor zeigte sich hocherfreut: »Mein Freund hatte zu sich zurückgefunden«, dachte er. »Der Wahnsinn ist von ihm gewichen. Endlich hatte er beschlossen, sich zu amüsieren.« Der totale Irrtum. Es handelte sich um einen Pfad des Martyriums, um einen Leidensweg, den Monforte antreten wollte: Er beabsichtigte, Leonors Bild in neue Panoramen zu setzen, er wollte alle Szenarios ablaufen, in denen die zierliche Fee einst prächtig erstrahlte, überbordend vor Leben, von Liebenden träumend...

VI

In einer verregneten, drückenden und schwülen Nacht ohne Sterne stieg Monforte am Bahnhof Quai d'Orsay aus dem *Sud-Express*. Geistesabwesend veranlasste er, dass ein Gepäckträger die Koffer verlud; er sprang in einen Wagen und befahl, zum Grand Hôtel zu fahren.

Unter dem monotonen Lärm des Regens, der während der Fahrt gegen die Fenster des Fiakers schlug, teilte er vor seinem geistigen Auge sämtliche Epochen seines Lebens auf, in denen er nach Paris hereingefahren war. Beim ersten Mal — er erinnerte sich sehr gut — stand er kurz vor seinem neunten Geburtstag; es war zur Zeit der Weltausstellung 1878 gewesen. Ah! Wie hatte er in die Hände geklatscht, wie war er herumgesprungen und hatte er gelacht, als ihm sein Vater diese Reise ankündigte... Er, der so häufig über die tristen Plätze Lissabons gegangen war und kraft seiner Einbildung geglaubt hatte, die hell erleuchteten Plätze der großen europäischen Hauptstädte zu überqueren, sollte sie endlich kennenlernen, sollte die endlosen Meilen, die sie trennten, schmelzen lassen, sollte Nacht um Nacht in Zügen schlafen!... Und in seiner Fantasie, in Wachträumen, flog er von Paris nach London, nach Wien, nach Rom, nach Petersburg…

Oh! Die abenteuerliche Zeit der Kindheit! Wann gibt es eine glücklichere, eine behütetere Zeit, eine fröhlichere — will heißen, eine ichbezogenere?… Die schrecklichsten Katastrophen können sich um uns ereignen. Wenn sie uns nicht unser Spielzeug fortreißen oder uns die Süßigkeiten nehmen, berühren sie uns nicht… begreifen wir sie nicht einmal… Wir weinen vielleicht ein paar Tränen, wenn wir unsere Mütter weinen sehen, mehr nicht. Nur so wenig, wie wir den menschlichen Schmerz begreifen. Deshalb trocknen unsere Tränen schnell, rückt das Spielzeug wieder in den Mittelpunkt. Und sobald das Bild, in dem wir hin und her geschüttelt werden, wieder lächelt, verwandelt sich uns die Kindheit in einen herrlichen Garten. Für die glücklichen Kinder, und nur für sie, existiert wirklich ein Paradies — das Paradies ihrer ersten Jahre.

Zu diesem Zweck beschwört der tieftraurige Dramatiker heute seine Kindheit als Neunjähriger. In jenem Alter erschloss sich seinem Gehirn selten die Luzidität der Intelligenz. Aber was machte das für einen Unterschied, als sein Glück so allumfassend war, als die Tage so fröhlich dahinplätscherten und es für ihn weder Rücksicht noch Erstrebenswertes gab?…

Auf dieser Reise hatte ihn alles verzückt. Paris, die Heerscharen, die neben den Fuhrwerken und Omnibussen die berstenden Straßen verstopften, die fantastischen Schaufenster der bunten Passagen, die überladenen Konfiserien mit ihren exquisiten Leckereien… die tausend mit den herrlichsten Dingen bestückten Pavillons, die prächtigen Paläste

dieses kolossalen und überbordenden Rummels der Weltausstellung...

Nach dem Desaster 1870 begann das auferstandene
Frankreich couragiert mit neuen Flügeln zu schlagen, mit
triumphierenden, kräftigen und gemauserten Flügeln. Die
Wunden hatten sich geschlossen; es war dabei, wieder zu
den Sternen zu greifen. Auf den französischen Gesichtern
herrschte ein jubelndes Lächeln, Stolz blitzte allenthalben
auf. Durch die Augen seiner Kinder präsentierte das ganze
Vaterland der verblüfften Welt den nie gesehenen Glanz einer bewundernswerten Auferstehung.

... Und das erste Mal in seinem Leben fuhr er auf dieser
Reise Achterbahn... hatte er einen dieser erträumten, riesigen Malkästen gesehen...

. . . .

Als er wieder nach Paris zurückkehrte, war er sechzehn
Jahre alt; sein Fleisch erwachte gerade für die Liebe. Ihn be-
geisterten die Frauen, die er in den Theatern sah, prächtig
und mit Juwelen behangen, tief ausgeschnittene Dekolle-
tés; die in den großen Restaurants zu Abend speisten; die
in beeindruckenden Equipagen durch den Bois gingen. Ah!
Mit welch unendlicher Lust hätte er seinen nackten Körper unter die entkleideten Körper dieser Traumgeschöpfe
mischen wollen... Und wie viele unaussprechbare Stunden
hätte er nicht mit einem dieser galanten Mädchen verbringen wollen, die abends über die Boulevards schwärmten...
Der fremde Geschmack, den die Küsse dieser geschminkten Lippen haben dürften, die zärtlichen Berührungen jener
aufblühenden und wenig verhüllten betörenden Brüste...

Obwohl unberührt, vermochte er dennoch, sich alle Wollust auszumalen, sich alle Ekstasen vorzustellen...

Später hatte er all dies erlebt. Was für eine bittere Ernüchterung! Die bunt ausgemalte Wirklichkeit war halbherzig, war nicht die Hälfte der Umarmungen, die er sich als Sechzehnjähriger vorgestellt hatte... Als er das erste Mal alleine nach Paris gereist war, erfuhr er gleich, wie nüchtern man es machte. Zügellos hatte er geschminkte Lippen und nackte Brüste abgeküsst, die er mit Inbrunst begehrte. Aber diese wirklichen Küsse, so köstlich sie waren, bedeuteten weniger, erschütternd weniger als die heftigen Liebkosungen seiner Träume. Eine bedauernswerte seelische Tragödie — arme menschliche Seele, die nie vollständig erreicht, wonach sie strebt: Mögen ihre Errungenschaften noch so groß, noch so vollkommen sein, sie lassen einen abgeklärt zurück — nachher sind sie wertloser, als man sie sich mit leeren Händen vorgestellt hatte...

Plötzlich hielt der Wagen an. Monforte stieg aus und ging ins Hotel.

Nachdem er sich ein Zimmer ausgesucht hatte, legte er sich eilig hin, und bevor er einschlief, nahmen im Dunkeln seine Erinnerungen weiter ihren Lauf, als wären sie nicht unterbrochen worden. Unter anderem war es diese wie mit Gold überzogene Reise, die er in Gesellschaft von Júlia unternommen hatte, kurz nach den Aufführungen der *Doida*, die er in seiner Rückschau verzehrender und eindeutiger nachzeichnete... Was für ein göttlicher Monat in Paris! Hand in Hand waren die beiden Liebenden in einer nicht endenden Verzückung die ganze Stadt abgelaufen — waren in alle Theater gegangen, hatten in den Restaurants zu

Mitternacht Champagner und Küsse getrunken... In dieser vibrierenden Zeit hatte alles gestrahlt: Jugend, Liebe, Ruhm... Die Zukunft, sie entrollte sich vor ihm wie eine breite, baumgesäumte und helle Straße... Die gute Zeit... die gute Zeit...

Und während er ein weiteres Bild beschwor, das noch nicht weit zurücklag — sein Triumph mit der *Quimera*, seine Weihe in der Stadt der Lichter —, schlief der Künstler endlich ein, besiegt von der Müdigkeit, gequält von seiner Angst...

. . . .

Der Dramatiker verbrachte noch einige Wochen in Paris. Von allen fremden Ländern war Frankreich das Land, welches ihm bei Weitem die meisten und frischesten Erinnerungen an seine verlorene Tochter schenkte.

An jedem Nachmittag begann er mit seinen beschwörenden Pilgerwegen und lief allein die Straßen ab, über die er so oft an der Seite seiner Tochter gegangen war. Tausende Details verwandelten sich plötzlich in das greifbare galante Antlitz seiner verwelkten Lilie... Ein nobles Geschäft, in dem Leonor gedankenlos teuren Schnickschnack eingekauft hatte — ein Schmuckstück, ein Fläschchen mit einer Essenz, einen Fächer aus Spitze... Und heute fühlte der bedauernswerte Vater in seinem abgrundtiefen Leid eine unendliche Lust, dieses Geschäft zu betreten, denselben Fächer, dasselbe Schmuckstück, dieselbe Essenz zu kaufen... Aber er erkannte die Kindlichkeit dieses Wunsches; mit tränenerfüllten Augen setzte er seinen schmerzenden Pilgerweg fort...

Mehr als einmal betrat er die großen Kaufhäuser, die »Paradiese der Dame«, in denen sich seine Tochter viele Stunden, fast ganze Tage erfreut hatte. Halb schlafwandlerisch durch die weiten Galerien am Louvre, im Bon-Marché, im Printemps und des Samaritaine irrend, hörte er hier und da die Stimmen der Verkäufer, die ihm ihre Kollektionen anboten. Aber herrje, heute blieb er nirgendwo stehen... und früher machte er alle paar Schritte halt... Wie sein Herz zerriss angesichts der Berge bunter Bänder, die sie mit der Grazilität der Hände einer Heiligen zu binden gewusst hatte... Oder die Seiden, die sie zwischen ihren schmalen Finger knistern ließ, die herrlichen Satinstoffe, den chintzigen Samt, die Brüsseler Spitze... die Gürtel, die Schleier, die golddurchwirkten *écharpes*!...

Eines Tages konnte er sich nicht zurückhalten: Als er im Schaufenster eines Parfumeurs in der Rue Royale einen Steckkamm aus Schildpatt sah, der denen glich, die Leonor zuletzt benutzt hatte, betrat er das Geschäft und kaufte ihn.

Im Hotel zurück, öffnete er das Futteral, stellte es vor sich und betrachtete es still minutenlang. Aber plötzlich brachen die Tränen hervor, und in einem Fieberwahn, einer Verherrlichung, hob er den Kamm an seine Lippen und bedeckte ihn mit Küssen... Er glaubte, an ihm den einzigartigen, subtilen Duft der lockigen Haare der viel zu früh verstorbenen Tochter einzuatmen... Herrgott, diese feurigen Zöpfe, ihre löwenartigen Zöpfe, diese langen, gelösten Zöpfe... welch Aureole verzauberten Funkelns, welcher Schirm astralen Lichts von gleißendem Gold!...

Manchmal hatte er sie dabei beobachtet, wie sie ihre Haarpracht bändigte, wie sie mit den Fingern müßig durch diese glühenden Strähnen fuhr... Arme Strähnen... Dort, in einem einsamen Grab in weiter Ferne, würden sie zwischen Fäulnis und Würmern verbleichen und nach und nach ihre Farbe und ihren Glanz verlieren und sich in Staub auflösen... Traurige Strähnen... traurige Strähnen...

Und vor seinen Augen schlängelten sie sich, wellten sie sich, wellten sie sich tatsächlich und glänzten im Gleiß einer Gottgeburt...

Er küsste den Kamm von Neuem, er küsste ihn in seiner Verzweiflung, er küsste ihn, als küsse er eine verflossene Liebe, bis er schließlich — zur Vernunft zurückgekehrt — mit dem Gefühl, zerquetscht zu werden, das Futteral schloss und es tief in eine Schublade schleuderte...

Jede Nacht, nachdem er ein wenig gegessen hatte, lief Monforte über die breiten überfüllten Boulevards und legte fast immer die lange Strecke zwischen Madeleine und der Place de la République zurück. Das Lärmen der Schellen und der Trott der Pferde vor den Fiakern, der heisere Ton der hupenden Taxis, das leise Gleiten der Reifen — die charakteristische Musik des Boulevard — hüllten ihn ein wie eine sanfte und monotone Lautmalerei. Vor seinen Augen tanzten Tausende zarte Erscheinungen seiner Tochter, er spürte das Gewicht ihres Armes auf seinem und hörte, als höre er wirklich ihre Fragen, wie sie ihre Beobachtungen mit ihm teilte. Still, zärtlich und verzückt spiegelte sich seine Gelassenheit in seinen Gesichtszügen. Aber das Beinahezusammenstoßen mit einem Passanten oder irgendein nicht passendes Geräusch weckte ihn brüsk auf — und er stürzte sogleich in sein Elend zurück, das sich unerbittlich vor ihm aufbaute. Ah! Seine Tochter ging nicht neben ihm her, nein... sie würde nie wieder einen Meter mit ihm gehen... niemals wieder würde er auf seinem jenen kühlen und kräftigen Arm spüren; niemals mehr würde er diesen schlanken Körper bewundern, diesen so göttlich lachenden Mund, diese verträumten Augen... Nie mehr... nie mehr!... Ein Ozean der Bitterkeit tobte in seiner Brust; die Lichter vor ihm tanzten betörende Cancans, aber der Dramatiker setzte seinen Pfad fort, bis er von Neuem die Begrifflichkeit der Dinge um ihn herum verlor und das wohltuende Trugbild sich wieder einstellte...

Ein wahrlich stechendes Drama, das sich seit Leonors Tod in der Seele des Künstlers abspielte! Seitdem lief sein Leben praktisch im Halbbewussten, fast Schlafwandlerischen ab. Er hatte keinen eigenen Willen; eine unbekannte Kraft riss ihn fort. Die Gedanken türmten sich unsortiert in seinem Gehirn, als lebe er unentwegt in einer dämmrigen Trunkenheit. Sobald er aus diesem Rausch erwachte, verschlimmerte sich sein Martyrium — und so tat er alles, um aus seiner Starre nicht aufzuwachen.

Regelmäßig hatte er seltsame Visionen: Einmal, bevor er einschlief und an Leonor dachte, sah er Júlia, sah er das vergessene Bild der großen blonden Geliebten, die sich vor der nächtlichen Finsternis abhob, nackt ausgestreckt auf einem Bett aus Rosen. *Und solange diese verstörende Vision anhielt, hatte er seine Tochter nicht eine Sekunde vergessen.*

Dieser Zustand der halben Umnachtung hatte ihn zwischenzeitlich über Wasser gehalten. Wären seine geistigen Fähigkeiten nicht verwirrt und litte er mit wacher Vernunft

— hätte er dem Schlag nichts entgegenhalten können. Paulo de Noronha zerbrach sich darüber stundenlang den Kopf und kam schließlich darauf, dass unter Berücksichtigung der Fakten am Ende die berechtigte Hoffnung stehen werde, dass die Zeit und die Ortsveränderung seinen Freund vom Schmerz und vom Wahnsinn befreien könnten.

Wochen vergingen. In Monfortes Leben gab es keine Änderungen — schmerzhafte Exkursionen durch die Hauptstadt folgten aufeinander, dorthin, wo die bedauernswerte Braut, strahlend vor Leben und Jugend, die aufregende Welt kennengelernt hatte.

In einer dieser Nächte kaufte er eine Eintrittskarte für das Folies Bergère, das die *reprise* einer Tanzrevue plakatiert hatte, die er früher einmal mit Leonor angesehen hatte, und schaute sich die Aufführung an.

Als er während einer Pause ein Glas Cognac trank, sprach ihn im Saal eine der vielen Professionellen an, die dort verkehrten. Und als der Dramatiker die Unbekannte mit ihren geschminkten Lippen und aufdringlichen Brüsten auf sich zukommen sah, zeigte sich in ihren Augen ein glühender und verführerischer Glanz. Und allein weil sie erkennbar eine Frau war — die ohnehin der verlorenen Tochter nicht ähnelte —, die auf ihn zukam, hatte es ihm geschienen, als sei alles ein Traum und sei es die Tochter, die auf ihn zukam. Aber anstelle ihrer klaren und weichen Stimme sprach ihn eine bemitleidenswert müde und rauchige Stimme zynisch an:

»M'sieu, vous offrez quelque chose?«

Luís machte eine automatische Handbewegung und zog einladend einen Stuhl heran... Dieser Körper einer Frau an seiner Seite, und ausschließlich weil es ein Frauenkörper war, erzeugte ihm vehement das Trugbild, Leonor säße wie vor Jahren neben ihm...

． ．

Nachdem er auf seinen schmerzhaften Streifzügen alle Erinnerungen, die ihm die Hauptstadt der Welt bieten konnte, ausgeschöpft hatte, reiste er, seiner bizarren Besessenheit folgend und angezogen von derselben unbekannten, ungeheuren Kraft, in andere Städte weiter, in denen der zarte Fuß seiner verwelkten Lilie den Boden anderer berühmter Straßen berührt hatte.

Und ohne zu wissen, wie es geschah, befand er sich eines Tages in Davos.

*
* *

Du Schweiz der Berge, du weiße Dame aus strahlenden Gletschern, von dir träumen alle Brautpaare dieser Welt! Dich wollen sie Hand in Hand auf einer perfekten Reise erkunden, deine blauen Seen bewundern — unter deinem irisierenden Himmel, du frigide Göttin, vereinen sich die Lippen! Zufluchtsort der Liebenden, bist du auch der letzte Hoffnungsschimmer der Kranken. Tod und Liebe, sie gehen immer Seit' an Seit'. Aber dennoch, für die Liebenden steigst du hinauf wie ein Segen auf das Schicksal, du enttäuschst sie nie. Und all die jungen Menschen mit den blassen Gesichtern sind so oft von dir verraten worden... Ich weiß... ich weiß... Die Liebe ist eine Illusion, der Tod ist eine Wirklichkeit...

． ．

... Und Luís quartierte sich im selben Sanatorium ein, in dem seine Tochter vergeblich ihr Leben gesucht hatte...

Die Sanatorien... Dass man sich freiwillig, trotz ihres lebendigen Elends in diese wunderlichen Karawansereien begibt, die auf den ersten Blick ganz gewöhnlichen Hotels gleichen, die man überall finden kann... eine demütige Gemeinschaft fiebernder, Schmerz leidender Wesen pulsiert dort... Wenn das Leben sie am fröhlichsten anlacht, begreifen sie, wie es vor ihren Augen langsam durch ihre kraftlosen Organismen verschwindet — kostbare Essenz, die sich verflüchtigt, flackernde Flamme, die zu ersticken droht. Dieses Flämmlein am Leben zu erhalten ist, was sie wollen, inbrünstig wollen. Keuchend kämpfen sie; die Nerven sind angespannt, die Schläfen tropfnass... Leere Versprechen! Leere Versprechen! Nur wenigen vergibt das Unheil der Krankheit: Wen das Unheil noch nicht vollständig zernagt hat... Oder dem, der einen starken Willen besitzt — einen solchen Willen, der Flügel wachsen lässt. Und diese Siegertypen sind es, die die Übrigen zu ihrem Ruin animieren. Wenn diese gewinnen, warum sollte ich dann nicht auch gewinnen?... Sie werden gewinnen! Sie werden!... Weit fort, dort in ihren fernen Ländern, wartet ein Liebesversprechen auf sie, wartet der Triumph auf sie — das großartige entworfene Drama, das großartige halbe Gedicht... Und ihre Wangen röten sich, ihr Blut pulsiert heißer durch die Arterien... Aber der schöne Trug währt nicht lange... Die Realität lässt nicht auf sich warten... Und dann sind sie die Besiegten... nur noch Besiegte...

. . . .

Und Monforte lief also über die gen Süden ausgerichteten weiten Terrassen, wo seine Tochter oft erwartungsvoll Platz genommen hatte...

Unablässig Tausende bittere und zerreißende Details vor Augen, folgte der Dramatiker stoisch seinem Pfad... Plötzlich stockte er... Oh, welch ein Wunder, gleich in seiner Nähe hatte sich, an Kristians Seite, Leonor einen Platz zum Lesen gesucht... wie damals... wie damals!... Gewiss ein Trugbild, aber niemals zuvor hatte er eine so deutliche Erscheinung vor Augen gehabt, eine derart realitätsnahe Erscheinung... Er trat ein paar Schritte näher... Ein ausgemergelter und bleicher Kristian, in dessen glasigem Blick sich der Tod schon ankündigte, versuchte, sich aus seinem Fauteuil zu erheben. Es gelang Kristian schließlich, und unbeholfen mit seinen Armen wedelnd rief er:

»Ah! Da sind Sie ja wieder, mein Guter... Wenn ich richtig sehe, so hat Ihre Tochter es sich überlegt. Wie geht es ihr... wie geht es ihr?...«

... *seiner Tochter?*... Aber seine Tochter stand doch direkt vor ihm... Sie hatte sich erhoben... hatte das Buch zugeklappt...

Verwundert über das Benehmen des Künstlers, stellte Ussing vor:

»Meine Schwester Magda... Herr Luís de Monforte... der Vater dieses Mädchens, das dir so ähnlich sieht, von dem ich dir so oft erzählt habe...

. . . .

Eine Woche später starb Kristian und — sechs Monate später erfuhr Dr. Noronha in Lissabon mit wortlosem Staunen von der Heirat seines Freundes Luís de Monforte mit Magda Ussing. Die Eheschließung hatte in Kopenhagen stattgefunden. In Kürze würden das Brautpaar in Portugal eintreffen...

VII

... Schließlich sah er unentwegt ein zartes Gesicht vor sich, das jenes seiner Tochter war, und — in diesem Gesicht — dasselbe heitere Lächeln, dasselbe unendliche Blau der großen traurigen Augen. Die Tote war auferstanden!... Ein Trugbild, ohne Zweifel, aber ein so übereinstimmendes Trugbild, dass es der Realität gleichkam.

Als der Doktor Monfortes Braut das erste Mal sah, begriff er sofort — ausgerechnet er, der sich von solchen späten Amouren ferngehalten hatte: Die Ähnlichkeit zwischen Magda und der verlorenen Tochter war unerhört — nur die Stimme war weniger sanft und die Statur ein wenig größer. Es war offensichtlich die unendliche Sehnsucht nach Leonor, und nur sie, die ihn die Dänin hatte heiraten lassen. Andererseits bedeutete dieses Detail, dass Luís sich nicht hatte durchringen können, seinen Schmerz zu vergessen — im Gegenteil, er hatte sie für immer in persona vor sich. Und diese fortgesetzte Erinnerung erschreckte Noronha sehr, ahnte er doch, welche schrecklichen Konsequenzen damit einhergehen konnten.

Jedes Detail ließ das Ganze nur noch bizarrer erscheinen... Krank vor zerrissenem Herz, hatte sich der Dramatiker auf eine schmerzhafte Reise begeben. Und war, verdrehte Welt, nach wenigen Wochen verheiratet mit einer Unbekannten zurückgekommen, einer vom anderen Ende der Welt, von der man zudem gar nichts wusste — welche Familie, welches Wesen, welchen Charakter... Sein Freund war entschieden zu einem ernsten und undurchsichtigen Fall geworden; seine Loslösung konnte so beklagenswerte Ausmaße annehmen, dass er nicht einmal wagte, daran zu denken.

Nachdem jedoch die ersten Monate des Zusammenlebens der Brautleute in Lissabon vergangen waren, beruhigte sich Paulo ein wenig. Der Künstler hatte eine große Veränderung durchgemacht. Sein Gesicht hatte die übliche Traurigkeit verloren, seine Augen den unsicheren und ängstlichen Glanz. Die einzigen Spuren einer Andersartigkeit, die er bei ihm entdecken konnte, waren hin und wieder brüske Bewegungen, unerwartete, nervöse Zuckungen, die höchstwahrscheinlich beklemmenden und plötzlichen Erinnerungen an Vergangenes geschuldet waren.

Die Besorgnis des Doktors schien daher keinen tieferen Grund zu haben. Monforte fand zunehmend zu sich zurück, ja begann sich an ein glücklicheres Leben zu gewöhnen. Paulo zeigte sich natürlich erfreut, und schließlich, wenn er es genau besehen würde, könnte er im Innern seines Herzens ein klein wenig Kummer darüber empfinden, dass der unermessliche Schmerz jenes Vaters nicht mehr unendlich währte, wie er es befürchtet hatte. Doch in seinem Fall war es die Wahrheit. Wenn eine Person, die wir über alles schätzen und bewundern, unter der Last eines Schicksalsschlages zugrunde geht und wir sie auf dem Wege der Besserung sehen, spüren wir einen enormen inneren Jubel, unbenommen, aber zugleich auch eine Wehmut, eine vage Enttäuschung, da dieses Geschöpf, das wir für übermenschlich hielten, sich von seinem Schmerz befreite, anstelle ihn erhaben und stoisch als ewiger Sklave dieser Angst akzeptiert zu haben.

»Ihr Nöte der menschlichen Seele!«, dachte Noronha. »Im falschen Bild der geliebten Toten wird dieser Mensch Linderung für seine inneren Stürme finden. Arme menschliche Seelen, verrückte Geschöpfe, stets auf der Suche nach dem Gaukel!... Eigentlich eine Beleidigung unseres Schmerzes, eine Kreatur vor uns zu wissen, die uns durch jede Bewegung, mit jedem noch so kleinen äußerlichen Detail, an die Richtige erinnern lässt. Und das soll unser Trost sein!...«

Der Fall seines Freundes sei schon besonders, wenn auch banal, dachte der Doktor weiter, und ihm fielen jene Romanzen ein, in denen Witwer sich wünschten, eine Frau zu besitzen, die sie an ihre eigene erinnerte — vergleichbar mit Rodenbachs Roman *Das tote Brügge*, in dem es vor vergleichbaren Fällen wie dem des Künstlers nur so wimmelte.

Und weil er in Gedanken schon die literarischen Vorbilder durchblätterte, fiel ihm plötzlich eine bestimmte Passage aus der *Kameliendame* ein; er griff sich den Band aus dem Regal, schlug ihn auf und las in der 3. Szene, 1. Akt:

»Varville. — Also wirklich, dass Marguerite...

Nanine. — Was?

Varville. — ... für diesen M. de Mauriac alles aufgeben konnte, der ihr nicht einmal ihren Spaß bieten kann.

Nanine. — Bedauerlicher alter Sack! Mehr Freude hat er nicht als sie. Er ist doch ihr Vater, jedenfalls könnte er es sein.

VARVILLE. — Eben! Dahinter steckt eine herzzerrei-ßende Geschichte; der Unglückselige...

NANINE. — Unglückselige?

VARVILLE. — Ich glaube kein Wort davon.

NANINE *steht auf.* — Na hören Sie mal, Monsieur de Varville, es gibt wenig wahrere Geschichten über Madame; ein Grund mehr, sich nicht mit denen aufzuhalten, die schon gar nicht wahr sind. Und diese, dies kann ich Ihnen versi-chern, ich habe sie mit meinen eigenen Augen gesehen, und Gott ist mein Zeuge, Madame hat mir die Sache nicht ge-steckt, sie hätte im Übrigen keinen Grund, Sie hinters Licht zu führen, Sie ist Ihnen gewogen... Deshalb darf ich ver-raten, dass Madame vor zwei Jahren nach einer schweren Krankheit in diesen Kurort gefahren ist. Ich habe sie be-gleitet. Und unter all den Kranken in diesem Kurhaus war ein etwa gleichaltriges Mädchen, das von derselben Krank-heit befallen war, allerdings in einen viel schlechteren Zu-stand, es war ihr wie aus dem Gesicht geschnitten. Bei die-sem Mädchen handelte es sich um Mademoiselle Mauriac, die Tochter des Grafen.

VARVILLE. — Und Mademoiselle de Mauriac starb.

NANINE. — Genau.

VARVILLE. — Und der Graf, verzweifelt, wie er war, fand in Marguerite die Gesichtszüge, das Alter, ja sogar die Krankheit seiner Tochter wieder, ihr ganzes Antlitz. Er flehte sie an, ihn zu empfangen und ihm zu gestatten, dass er sie wie sein Kind lieben dürfe...«

. . . .

Das traf exakt auf Monforte zu. Der Künstler war indes in eine derart banale Vulgarität abgerutscht, die man seit jeher in der Literatur fand. Aber jeder weiß: Angesichts großer Bedrängnisse wägen die edelsten Seelen genauso ab wie die anderen — manchmal sind sie sogar die kindlichsten. Nur, der Dramatiker liebte Magda nicht wie sein Kind, sondern *liebte sie wie seine Frau.* Doch auf diesen Gedanken war der romantisch veranlagte Doktor gar nicht gekommen, der, versunken in seinen Meditationen, mit der begeisternden Lektüre des alten Dramas fortfuhr.

Die Zeit verging, und wenigstens dem Anschein nach lief alles gut. Wie bei einem Neuanfang streifte durch die weiten Räumlichkeiten des Palais eine sorgsame und geeignete reizende Hausdame. Die Unbekannte schien in Wahrheit eine feine Kameradin zu sein und ein fröhliches und offenes Gemüt zu besitzen.

Nichts davon war, wie es schien. Als Tochter bescheidener Kaufleute aus Kopenhagen war ihre Jugend stets behütet und langweilig verlaufen. Sie hatte nie etwas anderes als eine komfortable Mittelmäßigkeit kennengelernt, obwohl sie seit der Kindheit im Inneren nur nach Höherem strebte. Nach dem Tod des Vaters und Kristians Krankheit hatten sich zuletzt ihre Aussichten verschlechtert. Magda hatte sogar Französisch unterrichtet. Deshalb akzeptierte sie die unerwartete und sie überwältigende Heirat, die ihr bizarrerweise angeboten worden war. Ihr Mann stand nicht im Saft seiner Jugend — er war schon über die Vierzig hinaus —, aber mit ihren sechsundzwanzig Jahren konnte sie als mittellose Frau nicht alles verlangen. Alles in allem war die Dänin auf den zweiten Blick eine gewöhnliche Frau, nicht anders als andere — romantisch und nichtig, scheinheilig und strebsam.

Wäre man an einem dieser Tage in das Haus gekommen, hätte man gesagt, dass nie etwas Anormales vorgefallen sei. Wie früher wurden der Doktor und seine Kinder im grünen Salon empfangen — Paulo, der mit Luís in einer Ecke debattierte; und in der Mitte, lächelnd und lärmend, Carlos, Gabriela und Leonor. Nur dass die Leonor von heute schallender lachte als die von damals...

Immer wieder unterbrach der Künstler plötzlich die Unterhaltung mit Noronha, und sein stechender Blick fixierte die jungen Leute. Sein Freund kannte den Grund nur zu gut: Dieser kleine Kreis war das scharfe Abbild, das *reale Trugbild* alter Zeiten. Er selbst redete sich gerne ein, wenn er sich das Spiel anschaute, dass die Vergangenheit lediglich ein böser Traum gewesen war...

Aber schnell und mit einem bitteren Lächeln im Gesicht setzte Monforte das unterbrochene Gespräch fort.

So verging ein halbes Jahr.

Das Jahr 1911 hatte begonnen. Der Schriftsteller, der nach der Rückkehr aus Dänemark seine Arbeit wieder aufgenommen hatte, wusste jenes erstrangige, einzigartige und verstörende Werk *Himmel in Flammen* im Druck. Die unsterblichen Seiten dieses Buches berichten eindrucksvoll von einer gepeinigten Seele, jedoch von der Warte eines überragenden Verstandes und eines nie gesehenen Genies aus.

Der Doktor zeigte sich aus diesem Grunde beruhigt.

VIII

Aber ach! Schon vor langer Zeit hatte sich eine monströse Halluzination des schwankenden Geistes des Artisten bemächtigt. Und eine unbeschreibliche Tragödie war Stunde um Stunde dabei, ihren Lauf zu nehmen; der große Kampf trat sich los — der Kampf eines Wesens, das in Besitz aller geistigen Fähigkeiten war und trotzdem spürte, dass seine Seele bereit war, die Flügel gen Himmel zu schlagen... und sich im Unendlichen zu verlieren...

Wie aufgewühlt der Dramatiker gewesen war, als er Magda das erste Mal sah! Wie sie vor ihm stand und er sie für die auferstandene Tochter hielt, welch eisiger Schauer am ganzen Körper! *Der Horror mischte sich unter seine Freude.* Nachdem er erkannt hatte, dass sie ein Geschöpf war, das nur eine enorme Ähnlichkeit mit der Verstorbenen besaß, war sein Verhalten umso verwunderlicher: *Was er für die zweite Leonor empfunden hatte* — heute wusste er es —, *war allein eine jähe glühende wie fleischliche Leidenschaft gewesen.*

Mit anderen Worten: Als er diesem Wesen begegnete, das ihm wie das reale Abbild seiner Tochter vorkam, kam ihm da sofort der schmutzige Gedanke, wollte er da sofort diesen Körper besitzen, diese Lippen küssen?... Unmöglich!... Unmöglich!... Doch seit er sie kennengelernt hatte, verfolgte sein Leben einen neuen Kurs: sie besitzen! Ja, sie besitzen, sie immer vor sich sehen, denn es war ihr Antlitz, das ihn am besten an die Tote erinnern konnte: Seine ganze Existenz hatte er der weihevollen Erinnerung gewidmet; dafür war er nach Davos zurückgekehrt... Und wie mit dieser Frau zusammenleben, wenn man sie nicht heiratet?... Auch noch in seinem Fall... Ah! Aber nein, nicht nur darum hatte er sie geheiratet... Nicht nur darum... nicht nur!... — Inzwischen war er entsetzt selbst darauf gestoßen.

Er hatte nie an dergleichen gedacht, solange er umnachtet gewesen war, aber mit der Vernunft, der schrecklichen Vernunft, breitete es sich allmählich in seinen Vorstellungen aus. Inzwischen waren ihm alle Bruchstücke seines Lebens bewusst, die sich seit Magda zusammenfügten, und die Schlussfolgerungen, die sich aufdrängten, waren niederschmetternd.

Die Monate, die ihrer Verbindung vorangegangen waren, hatte er er in einer konstanten Verherrlichung durchlebt. Aber — und merkwürdig genug — erst später begriff er, in welches mögliche Experiment er geraten war. Ein unendlicher Jubel hatte seine Seele umhüllt — doch war dieser Jubel sanft und schmerzhaft zugleich. Sein Körper bebte in unablässigem Schaudern, der Verstand war ihm abhandengekommen; und in diesem Strudel — ja, in Wahrheit war es ein einziger Strudel — verzog sich sein Schmerz in den Schlaf; es war ihm gelungen, *nicht mehr an sie zu denken.*

Und die Hochzeitsnacht, diese gespenstische Nacht?... Ah! Mit welcher Begierde er sich zu ihr gelegt, er ihren Körper besessen hatte, diesen herrlichen, heißen, wollüstigen Körper… wie er diesen heilsamen, roten und feuchten Mund geküsst hatte, wie er diese blonden Brüste und ihre brünetten und säuerlichen Brustwarzen gebissen hatte!…

Für eine kurze Zeit war der Künstler wirklich glücklich, und für diesen Moment vergaß er vollständig, vergaß er das Gefühl der Angst…

. . . .

Im Palisanderbett, das so massiv wie ein Grabmal war, tobten, wie zu Zeiten der blondlockigen Geliebten, die gleichen Kämpfe, waren die gleichen Zuckungen, die gleichen verrückten Umarmungen an der Tagesordnung. Selbst von sinnlichem, bisweilen verruchtem Naturell, gab sich Magda bereitwillig allen Fantasien des Gatten hin, erwiderte sie seine brutalen Küsse und verrenkte sich in gewaltsamen Ekstasen. Aber in manchen Nächten warf sich Luís mit einer solchen Leidenschaft über ihren nackten Körper, dass sie erstmals Angst vor ihm bekam, denn sie fürchtete, fürchtete lebhaft, seine gierigen Hände könnten ihre Kehle wie ein eiserner Ring umschließen und sie strangulieren. Dann ließen die Lippen des Künstlers ihren Körper wieder unter höchsten Delirien vibrieren und die Befürchtungen verflogen schnell, oder in anderen Worten: Ihre Lust wuchs und wurde vollkommener und berauschender, sobald sich der Schrecken daruntermischte.

So vergingen Monate. Jede Nacht steigerte sich diese krankhafte Leidenschaft. Inzwischen spürte Magda den heftigen Wunsch, den seltsamen Umklammerungen zu entkommen, und sehnte sich nach rosigeren, stilleren und natürlicheren Liebesspielen.

Einmal versuchte sie, sich ihrem Mann zu verweigern. Dieser griff sie bei den Handgelenken, als er ihre Absicht erkannte, drehte sie brutal herum und zerquetschte ihre Lippen mit einem so frenetischen wie köstlichen Kuss, dass sie im selben Moment besiegt worden war und sich ihm unterwarf. Ihre Körper verkrallten sich wie von reißenden Bestien besessen; ihr Fleisch rieb sich knirschend, und ihre Küsse waren nicht Küsse von dieser Welt gewesen — ah! Waren keine Küsse! — Sie waren Beißorgien, in denen das Blut troff... Diese Szenen hatten ihren Höhepunkt in einer stammelnden, inwendigen Lust gefunden, die eher einem ungestümen Röcheln denn einem angstvollen Todeskampf glich...

Als Magda am nächsten Morgen todmüde aufwachte und einen Bluterguss auf ihrer linken Brust entdeckte, dachte sie an die Liebesnacht zurück, und erinnerte sich an die blutigen Küsse, und ihre Furcht, ja, eine Heidenangst vor diesem Liebhaber, der unruhig neben ihr weiterschlief, überkam sie.

Wer war dieser Mensch überhaupt? Was hatten diese Gewalt, diese schwelgende Wucht, diese verrückten Verrenkungen zu bedeuten? Selbst jetzt, da sie schlafend im Bett lag, zuckten ihre Muskeln unkontrolliert und verzerrte sich ihr Mund zu einem schmerzhaften *Krampf*. Und sie dachte an den sonderbaren Glanz, den sie manchmal während seiner Umklammerungen in Luís' Augen hatte aufblitzen sehen. Manchmal? Beinahe immer. Sie glichen grünlich-roten Funken, die seine Pupillen versprühten und sein Gesicht in ein sonderbares, entrücktes, fröstelndes Licht setzten. Vernahm sie je zwischen den aufeinanderfolgenden Spasmen

ein zärtliches Wort? Im Gegenteil — und umso außerge-
wöhnlicher! —, es schien ihr, als zwinge er sich mit über-
menschlicher Anstrengung, seinen Küssen keine feurigen,
schamlosen Worte hinzuzufügen...

Aber das Sonderbarste an alledem war, dass dieser
Mann, vor dem sie sich fürchtete und den sie jetzt fast ver-
abscheute, sie im selben Moment erregte, der sie seine Lust
spüren ließ, seine Bestie, seine Halluzination — denn die
Wahrheit war auch, sie liebten sich wie zwei Besessene...

»Und vielleicht täuscht mich mein Gehirn nur. Schließlich ist es das Allernatürlichste... Es wird besser sein, nicht
mehr daran zu denken...«

Sie reckte sich und schlief erneut ein.

*

*   *

Monfortes Seele hellte mit der Zeit mehr und mehr auf.
Tausende winzige Details hatten ihre jeweiligen Wirkun-
gen entfaltet, die sich — *deutlich erkennbar* — eines Tages
wie angsteinflößende Indizien Bahn brachen.

Seine Tochter... Seine Tochter... letzten Endes war es
seine Tochter, die er in all diesen Nächten umarmte... letzten Endes waren es die Brüste seiner Tochter, die er küsste... ihr Mund, den er biss!... In ihr Fleisch drang er ein, in
das herrliche und heilige Fleisch der eigenen Tochter. Er be-
friedigte seine brutale männliche Lust, als wäre er brunf-
tig!...

Als er diese Unbekannte das erste Mal gesehen hatte,
diese andere Leonor, wäre es das Natürlichste der Welt gewesen, ihr gegenüber zartfühlend aufzutreten, mit der Zu-
neigung eines Vaters — mit derselben Zärtlichkeit und Zu-

neigung, die er der Verstorbenen entgegengebracht hatte. Aber nein, was er verspürt hatte, war im Gegenteil eine unendliche Gier gewesen, eine heftige, reißende Wollust, diesen vollkommenen jugendlichen Körper splitterfasernackt auf seinem ausgestreckt liegen zu sehen. Warum nur hatte er nie eine Frau mit vergleichbarer Wollust begehrt? Warum?... Warum?... Ja, weil er nur in dieser das Antlitz der Toten gefunden hatte! Und wie wenig er das Wesen der Unbekannten heute noch kannte, sprach deutlich genug für diese Erklärung. Denn was ihn diesen Körper begehren ließ, war nicht ihre Seele, es war ihr Fleisch, das ihre Gestalt formte, das er begehrte. Und nun war diese Gestalt zurückgekommen, diese Form ihres Fleisches, die ihn angezogen hatte, zu allem Überfluss war dieses Fleisch exakt so, wie das Fleisch seiner Tochter gewesen war. *Folglich hatte er Magda alleine deshalb begehrt, weil in ihr Leonor existierte.* Ach, was für eine fürchterliche Verstrickung, welche schwere Realität... welche Last!...

Verzweifelt kratzte er sich die Hände, wütend begann er zu weinen, und sosehr ihn sein unbegreiflicher Schmerz grämte, bedrängten ihn verstörende Bilder seiner Erinnerung... Hin und wieder hatte er die unglückliche Braut bewundert... war er entzückt, wenn er die Beweglichkeit ihres geschmeidigen, muskulösen und wilden Körpers beobachtete; das Sonnenaufgangsblond ihrer langen Zöpfe, das Blau ihrer unendlich tiefen Augen, ihren liebenden Mund, ihre scharfen Zähne — die ganze vollkommene Schönheit ihres verträumten Gesichts... Ah! Wie brandete nicht sein Jubel, als er sie durch die Straßen der großen Städte führte und sah, wie die Männer stehen blieben und sich bewundernd nach ihr umgedreht hatten... Heute wusste er es besser, erst heute fiel ihm auf: Dieser Jubel war nicht der eines stolzen Vaters, es war der eines beneideten Liebhabers. Und was wäre das auch für ein Vater, der sich nicht angegriffen fühlte, wenn er annehmen musste, dass die Augen eines Fremden gerade seine Tochter auszogen?... Wäre er allerdings ein Liebhaber, dürfte er sich geschmeichelt fühlen und zu sich sagen: »Alle begehren dieses Fleisch, sie fantasieren sich die tadellosen Kurven dieses nackten Körpers zusammen... Und dieser Körper gehört allein mir! Und dieses Fleisch ist allein meines... allein mir gehört es!...«

Inzwischen tauchten in seinem glühenden Verstand vermehrt perversere Bruchstücke seiner Erinnerung auf, weitaus frevlerische, wie dieses, das ihn nicht mehr losließ: die sonderbare Erregung, als er eines Nachts im Chinakrepp von Leonors grüner Bluse einen Abdruck ihrer Brustspitze fühlte, die sich bei ihren Streifzügen kühn in den Stoff geprägt hatte.

Ah! — Ihm wurde klar, dass er im Geheimen das Verlangen gespürt hatte, die roséfarbene Brustwarze dieser Brust mit seinen Lippen zu kneifen... Diese war es, diese, an der er in Wirklichkeit sog, jedoch an den goldhellen Brüsten einer anderen Frau — einer Frau, mit der er einzig und allein schlief, weil sie das Gesicht seiner Tochter besaß... einer Frau, die seine Augen letzten Endes nur als die auferstandene Tote sehen wollten!...

Aber das war noch nicht alles. Als er in Paris allein in seinem Zimmer lag und einschlafen wollte, schob sich da nicht vor die sinnliche Erinnerung an Júlia, die sich nackt auf einem Bett aus Rosen streckte, das *unbefleckte Bild von Leonor*?... Und die Unterwäsche seiner Abhandengekommenen, die er gierig abküsste?... Und die Episode im *Folies*? Diese Prostituierte mit ihrem freizügigen Fleisch, mit ihren geschminkten Brüsten, sie hatte ihn an seine Tochter erinnert... Darum hatte er sie zu sich gebeten, ah! Und deshalb hatte er sich an ihrem Körper gerieben, räudig an ihrem verwerflichem Körper!...

Schande! Schande! Vor langer Zeit hatte er den Inzest begangen... und dies ununterbrochen seit dem Tod der Tochter!... Dem was!? Erst seit ihrem Tod?... Und ihre Brustspitze, die ihre Bluse dehnte? Und die Mondnacht? Die Nacht im Mondschein!?... Er begann zu begreifen — *jetzt verstand er alles*. Lange her, entdeckte er auf seiner Quinta, abseits beim See stehend, Carlos und Leonor, die sich die Hände gereicht hatten und sich küssten... Die galante Szenerie hatte ihn mit Freude erfüllt, so hatte er es damals empfinden wollen. Aber als er gesehen hatte, wie sich diese Lippen verschlangen — und er erinnerte sich sehr gut —, war sein Körper ins Schwanken geraten; er hatte übermenschliche Kräfte aufbringen müssen, um diesem Strudel zu entkommen, um nicht auf dem Boden aufzuschlagen. Er hatte es für einen Jubelexzess gehalten. Heute stellte er jedoch mit Entsetzen fest: Es war kein Jubel, nein, es war Eifersucht gewesen... Eifersucht!...

Jeder Zweifel war ausgeschlossen: Der Inzest hatte zu Lebzeiten der armen Braut begonnen, der lilienhaften Jungfrau, die seine abscheulichen Sehnsüchte für immer befleckt hatten!...

Und all diese Entblößungen steigerten seine bestialische Liebe; jede Nacht verschlang er mit gesteigerter Lust den nackten Köper der Fremden.

In den wenigen luziden Momenten, die Monforte noch er-
lebte, begriff er die Obsessionen seiner Seele. Richtig, all
dies war Wahnsinn. Die abstrusesten Ideen jagten durch
sein Gehirn, und von diesen konfusen Ideen — und nur von
ihnen — rührte die entsetzliche Klarheit... Nein, er hatte
kein Verbrechen begangen; nie war ihm ein schmutziger
Gedanke gekommen, als er seiner Tochter gegenüberstand.
Die geküssten Wäschestücke, die Unbekannte aus dem *Folies*, die erregte Brustspitze, erst heute — *nachdem er Magda
kennengelernt hatte* — besaßen sie die Bedeutung, die er ihnen gab. Wahnsinn insofern, da er gewaltsam diese und andere weit zurückliegende Erinnerungsfetzen bewahrheiten
wollte.

Ohnehin wusste der Dramatiker aufs Genaueste zu erklären, was in seinem Kopf vorging, wenn er sich an ein-
zelne Gedanken erinnerte, die ihm aufgrund verschiede-
ner Details zu Bewusstsein kamen. So war er zum Beispiel
der festen Überzeugung, eine bestimmte Meinung zu jedem Buch über soziale Phänomene zu haben. Und überrascht hörte er sich selbst fragen: »Aber was ist es in Wahrheit, was ich denke?... Und wenn es nicht dies wäre, was ich
dächte?...« Jedoch bestand kein Zweifel, was er dachte, war
dies. Aus einem unerklärlichen Wunsch heraus, aus einer
»Lust der Perversität« begann er sich einzubilden — *er tat
nichts, um sich zu überzeugen, er begann lediglich sich einzubilden —*, dass seine Meinung eine andere war.

Als kleiner Junge — daran erinnerte er sich auch —,
wenn er seine geliebte Angorakatze da so schneeweiß und

in der Sonne auf der ihn überragenden Verandabrüstung vor seinem Zimmer sitzen sah, dachte er instinktiv an den Schmerz, den er fühlen würde, falls das süße Tier abstürzte und auf dem roten Boden des Gartens zerschellte. *Und da sein Schmerz unermesslich gewesen wäre, hatte er oft das große Verlangen gehabt, den ahnungslosen Kater herunterzustoßen.*

Vor dieser Entscheidung stand er heute wieder: Irgendwann hatte er eine Frau kennengelernt, die Leonor wie aus dem Gesicht geschnitten war. Auf den ersten Blick überkamen ihn ungeahnte Gefühle. Noch im selben Moment wurde er von der Idee überwältigt, sie für immer an seiner Seite zu haben. Darum hatte er sie geheiratet. Denn schließlich, wenn er sie heiratete, musste ihr Körper ihm gehören. Und er hatte ihn ausgiebig besessen. Letzteres war ab diesem Moment das Allernatürlichste.

Doch sein krankes Gehirn, das unter dem schrecklichen Schicksalsschlag mächtig gelitten hatte, setzte schon bald erste Überlegungen in Gang. Es hatte die Lust der Perversität — dieselbe Lust, die Edgar Poe so meisterhaft definiert hat — verfolgt, und deshalb hatte er die ersten Hürden seiner tausendfach ziselierten, infamen, aber irrigen Ideen nach und nach überwunden. Die geistige Verwirrtheit nahm indes stündlich größere Ausmaße an. Neue Fakten, neue Wahrheiten mündeten in eine Beweiskette der Abscheulichkeit, die er sich herbeidachte — Wahrheiten und Fakten, die im gleichen Maße untrüglich waren wie die ganze monströse Sache.

Von Zeit zu Zeit begriff der Dramatiker die Tragödie seiner Seele sehr gut. Er wollte dagegen ankämpfen; er kämpfte, aber wurde immer wieder besiegt. Jedes Mal, nachdem er entschieden hatte, vernünftiger zu werden, zu reagieren und sich aus dem Strudel zu retten, war ihm der folgende Gedanke in die Quere gekommen: »Wollte man mich vom Verbrechen freisprechen, könnte ich mehr leiden als nach einem begangenen Verbrechen. Allein die Schrecklichkeit meines Verbrechens könnte mich von meinen Angstgefühlen befreien.«

Das Delirium hatte da noch kein Ende.

Grässliche Visionen erschienen jetzt täglich. Als er sich einmal nachts in seinem Arbeitszimmer eingeschlossen hatte und im Wahnzustand eine Seite zu schreiben versuchte, sah er plötzlich die Mutter und die Tochter vor sich — die große blonde Geliebte und die lilienhafte Jungfrau —, die sich beide frivol über den Teppich wälzten; ihre Beine und Arme ineinander verschlungen, besaßen sie einander in infernalischer Zügellosigkeit. Darauf folgte ein langer Reigen mit obszönen Tänzerinnen, blonden, rothaarigen, brünetten, deren makellose Gesichter sich urplötzlich anglichen und jede das Antlitz der Verstorbenen annahm. Gegen Ende erschien eine Leonor mit Lätzchen, die ausschweifend lachte und sich ihre Brustspitzen rieb, die Röcke hob und ihm ihr wollüstiges und feuchtes Geschlecht darbot und seinen Mund damit befeuchtete... Krank vor Angst, hatte er diesem schrecklichen Kuss ausweichen wollen. Die Haare durcheinander und abstehend, hatte sein Blick etwas Irrsinniges; sein ganzer Körper hatte unter epileptischen Krämpfen vibriert. Aber eine teuflische Kraft hielt ihn gefesselt. Er schaffte es nicht aufzustehen... Und daher hatte er — welch ein Horror! — mit schwelgerischer Lust das Klopfen ihres pulsierenden, glühenden Geschlechts direkt vor seinen geschlossenen Lippen süß geschmeckt!... Bis er besiegt schließlich die Lippen öffnete und es küsste, es aussog, es in einem bestialischen Delirium verschlang...

Als die scheußliche Halluzination ein Ende fand, erkannte der ermattete, fiebernde und von Schweiß bedeckte Monforte, dass er geküsst hatte, ja, dass er es verschlungen hatte, ja, aber lediglich das weiße Blatt Papier, auf dem er nicht eine Zeile zustande gebracht hatte...

Vollendeter Wahnsinn... Vollendeter Wahnsinn!...

IX

Mit dem letzten Funken seines Verstandes beschloss der Künstler, sich zu retten. Vielleicht war noch genug Zeit...

Die Wahrheit war einfach und lautete: Niemals hatte er Verlangen nach seiner Tochter; wen er in diesen Tagen begehrte, das war eine Frau — die aus einem ungewöhnlichen, aber durchaus natürlichen Zufall — in ihrem Gesicht das Antlitz der Toten nachbildete. Wenn es ihm gelingen sollte, sich diese Theorie selbst und mit greifbaren Belegen plausibel zu machen, würde die Besessenheit enden.

Ein genialer Einfall — und so suchte der Dramatiker in all seiner Unbewusstheit, aber mit schärfstem Verstand, nach der Methode, mit der er den letztgültigen Beleg erhalten würde. Binnen kürzester Zeit hatte er sie gefunden. Er wusste gar nichts über das Wesen seiner Frau. Aber ihre Seele musste von der seiner Tochter grundverschieden sein. Zwei sich gleichende Gesichter, das gibt es überall — zwei gleiche Gesichter und zwei gleiche Seelen, das gab es mit Sicherheit nirgends. Könnte er sich von dieser Verschiedenheit überzeugen, verstünde er zwangsläufig, dass dieses unter seinen Armen sich windende Geschöpf nicht die Seele seiner Leonor besaß — folglich wäre sie eine unterscheidbar andere Kreatur. Angesichts der Verschiedenheit zweier Seelen, was zählt da noch die Ähnlichkeit zweier Körper? Nichts. Die Methode war unfehlbar. Er begann alsdann, sie umzusetzen.

Aber schon bald verließ ihn der Mut. Diese Methode wäre mit unendlichen Schmerzen verbunden — schmerzhafter als das Böse selbst. Mal ehrlich, warum hatte er die Dänin geheiratet? Damit er sie ständig um sich hatte, denn ihr Gesicht erinnerte ihn an seine Tochter, und weil die Erinnerung die einzige Linderung seiner Qual war. Würde er die Ähnlichkeit, die zwischen beiden existierte, auslöschen — und wäre er erfolgreich damit —, hätte es mit dieser Erinnerung ein Ende; der beißende Schmerz würde ihn wieder einholen. Denn wenn Magda ihm erschiene als das, was sie wirklich war, und nicht als Leonors Geist, würde er dennoch nicht darauf verzichten, sie mit derselben Lust zu küssen. Damit lag der Beweis auf der Hand, dass er nur Magdas Körper begehrte. Sollte das Experiment jedoch so verlaufen, würden seine Beklemmungen kein Ende finden. Ganz im Gegenteil, denn statt den verborgenen Kern seines Schmerzes in der Erinnerung an die Verstorbene aufzuspüren, würde er ihn ausschließlich — oh Niedertracht! — in der Benutzung des Körpers einer Frau finden! Aus diesem Grund — so schlussfolgerte er — hatte er oft die vage und auf den ersten Blick unerklärliche Vermutung, dass, wollte man ihn von dem Verbrechen freisprechen, er noch mehr leiden könnte, als er nach dem begangenen Verbrechen ohnehin schon litt: In seinem durcheinandergeratenen Hirn erschien ihm besessen zu sein von dem Körper einer Fremden gegenüber der Begierde nach dem Körper seiner Tochter wie ein gesteigertes Sakrileg — *denn dies beträfe im besten Sinne den Körper seiner Tochter.*

»Die Wahrheit«, folgerte er in einem letzten schweren Anfall, von dem er sich nie wieder erholen sollte, »die schreckliche Wahrheit ist, dass ich nach dem Aufwachen und immer, wenn ich von Leonor geträumt hatte, das süße Gesicht neben mir hatte, das mir in den Träumen erschienen war. Und da es dasselbe Gesicht war, verspürte ich das unermessliche Verlangen, es zu küssen. Ich küsste es ... Doch was ich geküsst hatte, war Magdas Gesicht. Der Kuss elektrisierte mich, und ohne mich zurückhalten zu können, besaß ich anschließend ihren Körper. *Aber ich hatte dieses Gesicht nur geküsst, weil es das Gesicht meiner Tochter war.* Was mich folglich wirklich elektrisiert hatte, war der Kuss, den ich meiner Tochter gegeben hatte. Der Inzest! Der Inzest! ...«

So unwahr es auch klang, er hatte für alle Zeiten die heilige Erinnerung und die Reinheit der lilienhaften Jungfrau beschmutzt.

Die Visionen wuchsen ins Abscheuliche, und jede Nacht fiel er mit stärkerer Wut über das nackte Fleisch der Fremden her ...

*
*   *

Wie zu früheren Zeiten begab sich Monforte im Juli mit seiner Frau auf die Quinta und wurde vom Doktor und dessen Kindern sowie dem Ehemann von Gabriela begleitet. Die Vertrautheit zwischen den beiden Familien war eigentlich immer gepflegt worden; aus Gabriela und Magda waren zwei unzertrennliche Freundinnen geworden.

Der Aufenthalt auf dem schönen Landgut verlief angenehm und fröhlich: morgendliches Fangenspiel zwischen den Blumenbeeten, friedliche Stunden im Schatten der hohen Bäume, nachmittägliche Lektüre in den bequemen *rocking-chairs* auf der Terrasse und nachts lange Spaziergänge im Mondschein...

Nach ihrer Heirat hatte Gabriela ihren Freundeskreis erweitert; an manchen Sonntagen war das ganze Anwesen von Scharen lärmender junger Mädchen überlaufen. Inmitten dieser jugendlichen Schar erfreuten sich die beiden Freundinnen — die nichts anderes als flüchtige Liebesdienerinnen des *gesellschaftlichen Lebens* waren — dieses verhassten Lebens der infamen kleinen Intrigen und der dämlichen *flirts*. Sie nahmen an den noch so improvisierten Spielen an der frischen Luft teil; sie hüpften, rannten frivol und aufreizend herum; der Champagner, der im tiefen Brunnen gekühlt wurde, stieg ihnen zu Kopf, sie tanzten aufgelöst mit ihrer zuckenden und glitschigen Haut, die durch die zerrissenen Spitzenkleidchen schimmerte.

Der brave Doktor verurteilte diese Exzesse. Über den Künstler hingegen, den man mit einem Lächeln auf den Lippen und strahlenden Augen inmitten dieser zappelnden Mädchen sah, würde er wohl sagen: »Ein glücklicher Mann, alle Achtung!« Sogar Noronha hatte ihn für geheilt von seinem Leiden gehalten, außer Gefahr...

Aber herrje, obwohl Monfortes Geistesverwirrung nicht nach außen durchschien — und in Wahrheit trifft das auf die gefährlichsten Irren zu —, steuerte die unbegreifliche Tragödie jede Sekunde auf ihr Finale zu.

Jede Nacht fiel er über Magdas nackten Körper her, *beschmutzte er das Andenken seiner Leonor*, und inzwischen vermochte er sich nicht mehr zusammenzureißen, wenn er sie, wie zuvor, nur in stummen Umarmungen bestieg, um seine Schändung nicht ausufern zu lassen. Jetzt schrie er ihr seine Leidenschaft mit glühenden Worten ins Gesicht, all seine wütenden, schamlosen Sehnsüchte.

Der Ekel, den er vor sich hatte... Voller Ekel und entsetzt liebte und hasste er zeitgleich den Körper, den er verschlang. Er wollte entkommen, sich entsagen. Es war ihm nicht möglich... In einer dieser Nächte — oh! Du grässliche Nacht! — beherrschte ihn ein angsteinflößender Gedanke: diesen Körper zerstören. Ja, dieser Körper, er war seine Halluzination; einmal zerstört, würde sein Wahnsinn ein Ende finden. Dieser Körper allein hatte den Geist seiner Tochter für alle Zeiten beschmutzt. Deshalb war er ohne Mitleid zu zerquetschen... Die unfehlbare Methode! Die unfehlbare Methode!... Nur so könnte er die Reinheit der geschändeten Toten wiederherstellen, nur so könnte er sein scheußliches Verbrechen tilgen. Bis zur Seele dieser Fremden vorzudringen, wie er es einst beschlossen hatte, würde gleichzeitig das Andenken seiner Tochter säubern. Die Annahme, er könnte Zuflucht vor seiner Angst in der Benutzung des Körpers einer Frau finden — wuchs zu einer Vorstellung aus, die ihn mehr quälte als jede andere. Dieses fremde Fleisch umzubringen wäre die vollständige und endgültige Befreiung. Es umbringen, ja, es umbringen! *Den Geist zusammen mit der realen Kreatur auslöschen.*

. . . .

Und es war so einfach... Wenn sie schliefe, würde er mit zittrigen Händen ihren schneeweißen Hals zudrücken... er würde lange zudrücken, sie liebkosend erwürgen... nach und nach... bis ihr Herz schließlich aufhörte zu schlagen... In diesem Augenblick würde Leonor vor seinen Augen in ihrer makellosesten Reinheit erstrahlen. Der Körper dieser Fremden war sein Verbrechen. Er wäre ein Feigling, wenn er ihn nicht zerstörte.

In der Seele des Künstlers machte sich eine neue Obsession breit. Viele Male war er nachts kurz vor der Umsetzung seines Vorhabens. Aber im letzten Moment hatte er gezögert, denn ein letzter Rest Vernunft war ihm dazwischengekommen.

. . . .

Die Tage waren wie rasend verflogen. In dieser Nacht, hatte er die Gewissheit, würde er nicht schwanken. Ein reißwütiger Jubel hatte sich seiner ganzen Seele bemächtigt. Er würde über die Gespenster siegen!

Die Nacht war mild. Der Mond strahlte hell. Nach dem Abendessen hatten es sich Monforte, Noronha und der Mann von Gabriela im großen Salon bequem gemacht und eine Partie *whist* begonnen. Begleitet von Carlos, wandelten die Damen über das Anwesen und genossen die vollkommene Süße dieser traumhaften Nacht.

Nachdem die kurze Partie beendet war, fiel der Doktor mit einigem Lärm in einen Sessel; sein Schwiegersohn tauchte in die Lektüre einer medizinischen Zeitschrift. Der nervös und hitzig gewordene Daramatiker verließ den Ort ohne ein Wort...

Er lief los... Tausendfach verästelte Visionen blendeten ihn... lange Klingen kreuzten sich, blutige Hände fuchtelten in der Luft... nackte Leiber tanzten Sarabanden, und an den Kehlen all dieser Leiber sah er purpurne Kreise — die unheimlichen Colliers der Strangulierten. Nie gesehene, kantharidingrüne Fliegen belagerten summend ein weibliches Geschlecht, aus dem Blut und Eiter flossen... Vor lauter Qualen rieb er sich die Augen, rannte wie ein Irrer weiter, bis er unverhofft im Rosengarten stand. Der Duft der Blumen ließ ihn zu sich kommen; die Visionen verzogen sich... Er schlug den Pfad ein, der zum Brunnen an der Mühle führte. Aber plötzlich hielt er inne... Seine Gespenster waren zurückgekehrt! In der Ferne, am Ufer des großen Sees, entdeckte er — welch anmutiges Bild! — Carlos und... es bestand kein Zweifel, Carlos und Leonor — wie sie sich, einander Hände haltend, zärtlich ansahen. Gabriela hatte sich diskret entfernt, um ein Beet mit welken Lilien von Unkraut zu befreien... Und im Schein des Mondes, der sie wie eine Aureole umschmiegte, erkannte der Dramatiker so deutlich, wie er es einst sah, wie sich die Lippen der jungen Leute näherkamen, sich küssten, sich verschlangen...

. . . .

Eine Wolke hatte sich vor den Mond geschoben. Die Vision, *die reale Vision* war erloschen... Ah! Niemals könnte er die Geister besiegen! Niemals, niemals!... *Das einzige Trugbild, das für ihn existierte, war sein Schmerz...*

Er befand sich umgeben von vollkommener Stille...

. . . .

Entschlossen lief er zum Brunnen an der Mühle. Er öffnete die schwere Abdeckung... Die Wolkendecke riss auf... Ein einzelner Lichtstrahl traf auf das tiefe Wasser. Das tiefe Wasser ruhte still...

. . . .

Plötzlich hallte ein Echo von den Wänden des Brunnens wie ein gewaltiger Schock als gellender, zerreißender Schrei. Erneute Stille...

. . . .

Der erhabene Architekt, der berühmte Erbauer der Türme, stapelte eine Etage auf die andere, und sein herrlicher Turm berührte fast den Himmel. Er wollte bis zum höchsten Punkt hinauf... Und in einem einzigen Triumph stieg er den Hang des Lebens hinauf. Von der Spitze seines Turmes, von der Kuppel aus gleißendem Stahl, beugte er sich hinunter, um seinen Triumph zu bestaunen. Und er sah den Ruhm. Aber wie aus dem Nichts schlugen schwarze Flügel. Und im selben Moment versperrten ihm vorbeiziehende goldene Wolken den Blick: Beugte er sich zur Erde hinunter, sah der Einsame, von seinem Blau umgeben, die Erde nicht; blickte er in den Himmel, sah er den Himmel nicht. Er beugte sich weiter hinab. Die großen schwarzen Flügel schlugen immer noch. Wahnsinnig vor Angst wollte er fliehen... Er stürzte sich hinab... im freien Fall stürzte er in den Abgrund... Anstelle des Lichts gab es nur vielfache undurchdringliche Finsternisse; anstelle der Höhe die Tiefe. Aber die Tiefe und die Finsternis besänftigten die erschöpften Körper. Der erhabene Künstler ruhte.

. . . .

*

*   *

Im April dieses turbulenten Jahres heiratete Carlos de Noronha Magda Ussing — die Witwe des Dramatikers —, so wie er, zwei Frühlinge zuvor, Leonor, Monfortes Tochter, geheiratet hätte, wäre sie nicht gestorben...

Lissabon, April — Juni 1912.

Fim

Quando eu morrer batam em latas,
Rompam aos saltos e aos pinotes,
Façam estalar no ar chicotes,
Chamem palhaços e acrobatas!

Que o meu caixão vá sobre um burro
Ajaezado à andaluza...
A um morto nada se recusa,
E eu quero por força ir de burro!

(Paris 1916)

Ende

Wenn ich sterbe, sollen sie auf Blechdosen schlagen,
Sollen sie springend und hüpfend losbrechen,
Sollen Peitschen knallen,
Sollen Clowns und Akrobaten rufen!

Meinen Sarg soll ein Esel tragen,
Einer mit andalusischem Schmuck...
Einem Toten schlägt man nichts aus,
Also lasst mich der Esel sein!

Fernando Pessoa
Mário de Sá-Carneiro (1890—1916)

Atque in perpetuum, frater, ave atque vale!
Catull (Carmina, 101, 10)

Es stirbt jung, wen die Götter lieben lautet eine alte Weisheit. Die Einbildungskraft, die sich neue Welten erschafft, und die Kunst, die diese in ihren Werken fingiert, sind die deutlichen Anzeichen dieser göttlichen Liebe. Die Götter beschenken uns mit diesen Gaben nicht, damit wir glücklich werden, sondern damit wir uns ihr Wesen anverwandeln. Wer liebt, liebt nur seinesgleichen, und lieben heißt, den anderen durch Lieben anverwandeln. Aber da der Mensch den Göttern nicht ebenbürtig sein kann, denn es trennt sie ihre Bestimmung, lebt kein Mensch unter ihnen und wird er auch durch die göttliche Liebe nicht zu ihnen erhöht: Er verharrt als fingierender Gott und hat seine Fiktion zu ertragen.

Nicht alle, die die Götter lieben, sterben jung, es sei, man wolle unter Tod nur das Ende verstehen, das sich aus dem Leben herleitet. Und so wie der natürliche Instinkt, mit dem man es lebt, das Leben jenseits des Lebens hierselbst bedeutet, reißen die Götter die einen, die sie lieben, aus dem jungen Leben und töten die anderen in ihrem natürlichen Instinkt, es jung zu leben. Die einen sterben; den

anderen wiegt das Leben, nachdem sie ihnen den lebens-
notwendigen Instinkt entrissen haben, so schwer wie der
Tod, sie sind lebende Tote, sie sterben das Leben lang. Und
bereits in ihrer Jugend, wenn ihre fatale und einzige Blüte
durchbricht, beginnen sie ihren gelebten Tod.

Im Helden, im Heiligen und im Genie erwachen die
Götter im Menschen. Der Held ist ein Mensch wie jeder
andere, dem nur zufällig der göttliche Beistand sicher war;
in ihm selbst steckt nicht das Licht, das seine Stirn — sei es
von der Sonne des Ruhmes, sei es vom Mondschein des Todes — erstrahlen lässt und das sein Antlitz von dem der anderen unterscheidet. Der Heilige ist ein guter Mensch, den
die Götter aus Barmherzigkeit mit Blindheit geschlagen haben, damit er nicht leidet; als Blinder ist es ihm gegeben, an
das Gute zu glauben, an sich und an bessere Götter, aber er
erkennt wegen seiner wohlbehüteten Seele und der Zweifel,
die ihn umranken, seine Taten nicht als die unwiderrufli-
chen Handstreiche der launischen Götter oder als das überragende Spiel des Schicksals. Die Götter sind die Freunde
der Helden, und sie leiden mit dem Heiligen; indessen ist
es nur das Genie, das sie wirklich lieben. Aber da die Liebe
der Götter ihrem Schicksal entsprechend nicht menschlich
ist, enthüllt sie sich in jenem, in dem menschlich sich keine
Liebe zu entfalten wusste. Je deutlicher sie sich zu ihm in
ihrer Liebe bekennen, desto mehr reißen sie ihn — ohne
es zu wollen — in die fatale Verwünschung ihrer brennen-
den Umarmung, mit der sie ihn liebkosen wollen. Wem sie
die Schönheit, ihr göttliches Merkmal, verliehen haben, den
quälen sie mit dem Bewusstsein seiner eigenen Sterblichkeit; wem sie Beschlagenheit, ein weiteres ihrer Merkmale,

übertragen haben, den strafen sie mit dem Wissen, dass in ihr ewige Begrenzung liegt; und welche Furcht wird diejenigen, denen die Götter ihr eigenes Wesen überlassen haben und die sie als Genies des Geistes oder der Kunst zu Erschaffern werden ließen, nicht befallen? Im Ausmaß dieser Furcht wird nur dem Genie die Qual zufallen, sich den Göttern gleich zu fühlen und Mensch zu bleiben, menschengleich ein Gott zu sein, aus zwei Welten zugleich verbannt zu sein, und diese im überschmerzlichen Wissen von der Sterblichkeit der fremden Schönheit und im leidenden Wissen von der universalen Unwissenheit.

Obwohl ein Genie in der Kunst, kannte Sá-Carneiro weder Freude noch Glück in seinem Leben. Für Momente war es allein der von ihm geschaffenen wie vorausgefühlten Kunst gegeben, ihn zu trösten. Darin glich er jenen, die von den Göttern auserwählt werden. Es verlangt weder die Liebe nach ihnen, noch sucht sie die Hoffnung oder wählt sie der Ruhm. Entweder sterben sie jung, oder sie überleben sich selbst als gequälte Beobachter des Unverständnisses oder der Gleichgültigkeit. Sá-Carneiro starb jung, weil die Götter ihn zu sehr liebten.

Aber Sá-Carneiro, der nicht nur ein Genie der Kunst war, sondern auch ihr Erneuerer, wurde ungeachtet der Gleichgültigkeit, die die Genies umgibt, vom Spott eingeholt, der alle Erneuerer verfolgt, die wie Kassandra die Propheten der Wahrheit sind, die alle für die Lüge halten. *In qua scribebat, barbara terra fuit.* Aber selbst als er in einem anderen Land lebte, hatte sich sein Schicksal nicht gewandelt. Mehr als noch in früheren Zeiten ist heute jedwedes Privileg eine Strafe. Mehr als jemals zuvor hat man unter seiner eigenen Größe zu leiden. Die Plebejer aller Klassen überschwemmen wie eine Nippflut die Ruinen all dessen, was groß geraten war, und die verwüsteten Grundmauern all dessen, was es hätte werden können. Der Zirkus betrifft heute mehr noch als im untergegangenen Rom das Leben aller Menschen; seine Mauern hat er daher bis an die Grenzen der Erde ausgeweitet. Der Ruhm gehört den Gladiatoren und Mimen. Jeder beliebige barbarische Soldat trifft heute kaiserliche Entscheidungen, sodass jeder Wächter sich wie ein Kaiser fühlen kann. Nichts wird groß geboren, was nicht zugleich verwunschen ist, nichts Edles wächst heran, was sich nicht durch stetes Wuchern behauptet. Wenn es derart bestimmt ist, soll es so sein! Die Götter haben es so bestimmt.

(November 1924)

Das Leben — ein Vorspiel,
Mário de Sá-Carneiro

»Am 26. betrat er mein Büro [...] und sagt — Araújo, ich brauche Sie heute um 8 Uhr bei mir zu Hause, kommen Sie unbedingt pünktlich [...]. Als ich in das Zimmer eintrat, bemerkte ich, dass er sich hingelegt hatte, wie selbstverständlich fragte ich, ob er Kopfschmerzen hätte; woraufhin er sagte — ich habe soeben fünf Kanülen arsenhaltiges Strychnin genommen, ich bitte Sie, hierzubleiben [...], ich eilte zum Kommissariat, einen Arzt und gleichzeitig ein Auto herbeizuholen, welches ihn ins Hospital brächte, was auch eiligst zu organisieren war, und als ich mit zwei Beamten hinaufging, um ihn zum Auto zu schaffen, wurde ich Zeuge des schrecklichsten Ereignisses, das man sich nur vorstellen kann. Sá-Carneiro wand sich, geschüttelt von Beben voller Furcht, in Todeskrämpfen, seine Hände waren zu Fäusten geballt, und er rang mit dem Tod, Augenblicke später war er tot; es gab nichts, was ihn hätte retten können.«

Mit den Ereignissen im Hotel, die José d'Araújo in einem Brief vom 10. Mai 1916 Fernando Pessoa so schaurig wie detailliert schildert, endet am 26. April 1916 in Paris das Leben Mário de Sá-Carneiro, geboren in Lissabon am 19. Mai 1890.

Am 29. April wurde er auf dem Friedhof Patin beerdigt. Seine Freunde legten seine Bücher auf den Sarg, in dem er bestens gekleidet lag. »Es war unmöglich, ihn besser anzuziehen«, schrieb Carlos Ferreira an Pessoa, »er hatte sich auf das Sterben vorbereitet.« Auch seine Papiere hinterließ er geordnet. Neben Wäsche, Hüten und Kinkerlitzchen sollen sie in einem »verschlossenen Koffer« gelegen haben, berichtet d'Araújo. Offenbar wegen der 200 Francs, die Sá-Carneiro seinem Hotelwirt schuldete, blieb dieser Koffer im Hotel zurück. Er verschwand. Der flehentliche Brief Pessoas an den »Herrn Direktor des ›Grand Hôtel de Nice‹« vom 26. September 1918, in dem er versicherte, mit allen notwendigen »Garantien« ausgestattet zu sein, bewirkte nichts. Wir wissen heute, dass unter den Papieren auch die Briefe lagen, die Pessoa an seinen intimen Freund nach Paris sandte, und hätte Mário nicht die Marotte gehabt, Teile dieser Briefe in seinen — der Nachwelt erhaltenen — Antworten zu zitieren, wöge die Sache schwerer. Das Grab war für fünf Jahre bezahlt. Ende der 1940er Jahre wurde es aufgelassen. Niemand aus seiner Familie hatte die Entscheidung zugunsten einer Erhaltung der Grabstelle treffen wollen. Heute ist nicht einmal bekannt, wo genau es gelegen haben könnte — Feld 93, Reihe 21, Grab 43?

Eine erste und für lange Zeit letzte Reminiszenz auf den Autor sind spärliche Publikationen seiner Gedichte in literarischen Zeitschriften PORTUGAL FUTURISTA und CONTEMPORÂNEA, PRESENÇA, ATHENA. Sie sind Pessoa zu verdanken, der eher unfreiwillig zu seinem Nachlassverwalter geworden war. Für Pessoa ging es anders aus, als er vielleicht gehofft hatte. Denn jenem Sá-Carneiro hat der Leser zu verdanken, dass die Nachwelt in die bisweilen komplexe, aber a-physische Struktur des *Drama aus Leuten* (ohne Körper) seines Freundes einen Einblick bekam, die getreulich der statischen Ästhetik dieses Werkes jegliche Obszönität aus der Ich-Existenz ausgeschlossen hatte, und so befand Pessoa, dem später so manche Obszönität entglitt, Mários Gedichte seien nichts für die Gegenwart, in der Pessoa selbst in zahlreiche Skandale verstrickt war. A-physisch oder antiphysisch, da Pessoas Werk-Korpus zwar aus Leuten bestand, diese aber in ein dichtes intellektuelles und empfindsames Abenteuer eintraten. In der Weltliteratur ohnegleichen besaßen sie neben ihren ästhetischen Merkmalen nur wenige körperliche; folglich repräsentierten sie je eine ideengeschichtliche Abspaltung. Der freilich hinter dieser diskursiven Struktur tief verborgene und heute von Gralshütern bewachte Ästhetizismus seines Werkes überdeckt jegliche Physis des Autors, der nicht einmal der Erfinder all dessen sein wollte. Sá-Carneiro stand diesem zwar sich vervielfältigenden, aber nicht sich vermehrenden Autor wie ein ungebändigter proliferanter Sublimator gegenüber.

Pessoa empfand Sá-Carneiros Tod als tragisch, aber er stand an zweiter Stelle hinter seiner psychischen Krise, in die ihn seine aufbrechende Pluralität stürzte, die von radikal heidnischen Weltreichen bis zu Schmelzpunkten Jenseits-von-Gott reichte, von futuristischen Opiumhöhlen bis zur Christologie eines bukolischen Sufis. Sein berühmter Nachruf auf Sá-Carneiro, den wir hier wiedergeben, liest sich wie ein Paroxysmus seiner eigenen Genialität. »Ich ließ Zeit verstreichen«, wurde Pessoa 1924 im Diário de Lisboa zitiert, der eine Ausgabe aller Gedichte Sá-Carneiros ankündigte; wenige Tage vor seinem Selbstmord habe ihm Sá-Carneiro seine unveröffentlichten Gedichte gesandt, verknüpft mit dem Auftrag, sie in einem Band zu veröffentlichen. Er habe es nicht sogleich getan, »weil er, genauso wie ich, noch tief im Skandal der ORPHEU verstrickt war«. 1928 kündigte Pessoa wiederum die Veröffentlichung an und legte in der Zeitschrift PRESENÇA gleich den ganzen Editionsplan vor, in dem er festlegte, was davon »veröffentlichungsreif« sei, wobei sich seiner Auffassung nach beim Publikum noch nicht die erforderliche Reife für dieses Werk eingestellt hatte. 1937, zwei Jahre nach Pessoas Tod, erschien *Indícios de oiro*[1] (Anzeichen von Gold), jene Sammlung der Gedichte, die zwischen dem »15.6.1913« und »Dezember 1915« entstand; die akribische Buchhaltung der Gedichte nebst Ortsangaben steht verblüffend der Kühnheit gegenüber, das Konvolut und vollständige Manuskripte unfrankiert in die Post zu geben. Die beiden hier vorgelegten Erzählungen aus dem Band *Princípio* (Vorspiel) hatte Pessoa nicht einmal in den Editionsplan eingebunden. Es soll aber nicht der Eindruck geweckt werden, Pessoa, der schließlich nicht der Herausgeber wurde, habe die Edition verschleppt — Sá-Carneiro selbst orakelte aus Paris, die Welt werde »ein Jahrhundert brauchen«, um sie beide zu erkennen. Denn was Pessoa 1924 angekündigt hatte, war bereits 1916 vor-

---

1   Mário de Sá-Carneiro, Indícios de oiro, Pôrto: Edições Presença, 1937. Seine sämtlichen Dichtungen als 2. Band der *Gesammelten Werke* erschien 1946 unter der Leitung von Luís de Montalvor; João Gaspar Simões kennzeichnete Sá-Carneiros Dichtung in seinem Vorwort als »verstörenden Subjektivismus«, dessen Reichweite nicht sein erzähltes Leben gewesen sei, sondern seine unangepasste Sensibilität.

bereitet! Das belegen die postum aufgefundenen Druckfahnen einer dritten Ausgabe der Zeitschrift ORPHEU, die nicht mehr erschienen war.

Princípio hat auch im deutschsprachigen Verlagsraum eine Geschichte, als habe Sá-Carneiros Orakel unbedingt wahr werden sollen; seit 1995 waren die Erzählungen von sieben Verlagen begehrt und schließlich unbeachtet geblieben. 1997 waren gleich zwei Übersetzungen der Novelle *A confissão de Lúcio*[2] (Lúcios Enthüllung) erschienen, die den Autor nur in die Vergesslichkeit eines Spektakels zurückdrängten. Erst 2005 widmete die Zeitschrift SCHREIBHEFT[3] diesem Autor eine umfangreiche Auswahl.

Beleuchten wir diese beiden vertrauten Autoren, über die fünfzig Jahre (Pessoa) und hundert Jahre (Sá-Carneiro) verstrichen, bis wir sie für uns entdeckten, hinsichtlich ihrer Veröffentlichungen. Pessoa hatte bis zu seinem Ableben nicht einen einzigen Band veröffentlicht, zu dem er länger gestanden hätte, im Gegenteil, er erklärte alle für nichtig, war aber durch mehrere hundert Publikationen in Portugal so präsent und wirkungsvoll wie kaum einer seiner Zeitgenossen. Sá-Carneiro hatte bis zu seinem Tod fünf Bücher veröffentlicht und war ebenso Mitarbeiter zahlreicher literarischer Zeitschriften. Heute sind viele Editionspläne bekannt, die Pessoa vor sich herschob; irgendwann wird er gewusst haben, dass er nicht einmal *sein* Werk herausbringen würde, und so ist es nicht zu gewagt, zu behaupten, dass

2 Lucios Geständnis, München: Dt. Taschenbuch-Verlag, 1997, und Lúcios Bekenntnis, Frankfurt a. M.: Suhrkamp, 1997.
3 SCHREIBHEFT, Nr. 64, 2005.

er das unveröffentlichte Werk Sá-Carneiros an das Schicksal seiner Werke knüpfte. Der Leser sollte aber auch wissen, dass der portugiesische Modernismus — bis auf wenige Ausnahmen — durch Selbstmorde, Tode auf den Schlachtfeldern, Krankheit und Seuchen erstickt wurde. Portugals vielversprechendster Maler dieser Tage, Amadeo Souza-Cardoso, der Bindeglied zwischen Lissabon und dem Kubismus und weiterer europäischer Strömungen der Kunst hätte bleiben können, hinterließ ein spürbares Vakuum, als er 1918 mit neunundzwanzig Jahren der Spanischen Grippe erlag. Andere Modernisten ließen sich in Irrenhäuser einweisen oder fielen, wie August Macke und Henri Gaudier-Brzeska, blutjung in sich gegenüberliegenden Schützengräben.

Für das Überleben Sá-Carneiros im Bewusstsein der portugiesischen Öffentlichkeit waren seine Veröffentlichungen »zu Lebzeiten« entscheidend. War ein Buch vergriffen, übernahm Jahrzehnt für Jahrzehnt stets eine neue kleine Herausgabe den Staffelstab. Das Blatt hat sich freilich in den 1980er Jahren gewendet, als das Werk Pessoas bekannt wurde, das ja zeitgleich zu dem Sá-Carneiros entstanden (respektive publiziert worden) war und mit einer enormen Wucht einschlug. Der Leser vergegenwärtige sich, dass sogar ein 80-jähriger Jorge Luis Borges Briefe an Fernando Pessoa schrieb; dieser gänzlich unbekannte Portugiese versetzte die verblüffte Literaturszene in Schockstarre.

Pessoa überlebte seinen jungen Freund um zwanzig Jahre — und was beide voneinander hielten, sollte sich für beide bewahrheiten. Sá-Carneiro verlor sich in seiner Sensibilität — »nicht Sá-Carneiro drückt sich aus: es ist die Welt, die sich in ihm ausdrückt« (Simões) —, Pessoa verlor sich in einem wuchernden, unedierbaren Werk. Pessoa und Sá-Carneiro wurden zu den bedeutendsten Autoren ihrer Generation. »Tu sim, tu eras *alguém*« (Du ja, du warst *jemand*), lautet ein Vers in *Dispersão*[4] (Zerstreuung), darin findet sich jemand verloren in sich selbst wieder. Man könnte auch sagen: pure Dekadenz, pure Apotheose.

Wer würde auf Pessoas Glanz je einen Schatten werfen können — im Vergleich zu Sá-Carneiro stehen gleich drei Namen (jener *Leute*) auf seinem Katafalk. Auch wenn der Name Pessoa *Niemand* bedeutet, übertreibt man nicht mit der Behauptung, dass das Vokabular der geteilten Zerstreutheit dieser beiden intimen Freunde, das ihre Sensibilität entfesselte; dass ihr Rezept, das sie gegen die einschnürende Dekadenz erfanden: schlichte Genialität war; dass die Fiktion — diese anerkannte Kraft der Existenz — ein aneinander ausprobiertes Inventar zweier ähnlicher Welten gewesen war, in denen es nicht mehr um Sein oder Nichtsein ging. Man schaue in Mários Briefe an Fernando, und dieses Mysterium der Pluralität Pessoas entschleiert sich — den Pfaden seiner Zerstreutheit folgend — mehr, als es jede sekundäre Erklärung zu manifestieren vermag.

João Gaspar Simões bezeichnete die Generation als eine suchende Bewegung, die in eine Starre geriet. Sie wäre wohl wirklich dort verharrt, hätte es nicht ORPHEU gegeben, die zu einem ästhetischen Abenteuer am Rande Europas aufbrach. Kaum vorstellbar angesichts unseres heutigen Bildes von der Moderne mit ihren Hunderten, Tausenden Helden.

---

4   Mário de Sá-Carneiro, Dispersão — 12 Poesias, Lisboa 1914.

Wenig ändert sich an der Einsiedelei der portugiesischen Moderne, trägt man noch so ambitioniert die europäische Avantgarde nach Lissabon. Diese war genauso wenig entscheidend für Pessoa wie für Sá-Carneiro. Man übersieht gerne die Inkubationszeit, die einem *orphischen* Infekt hätte folgen müssen; malt Picasso *Les Demoiselles d'Avignon*, ist nicht am selben Tag die Welt über den Kubismus im Bilde! Es fehlten für diesen Schritt allen Protagonisten einer modernistischen Zukunft Portugals schlichtweg Lebensjahre.

Oft sind die nicht Nicht-Anwesenden nur die Vergessenen: so sind, wie man in einem mächtigen Werk über die Generation der *Orpheu*[5] lesen kann, das zuletzt auf Deutsch erschien, kaum Informationen über Sá-Carneiro enthalten, so findet sich in dem oben erwähnten Vorwort Simões' aus dem Jahr 1940 nicht die geringste Spur eines Fernando Pessoa.

* * *

Ich meine mich zu erinnern, als mir 1981 eines der Bücher Sá-Carneiros in die Hände fiel — bei irgendeinem Bouquinisten an der Seine —, der zweite Band der *Gesammelten Werke*, *Poesias*, 1946 war er erschienen, die Bögen waren noch nicht aufgeschnitten, Novalis' Worte auf der Titelei lauteten: »Die Poesie ist das echt absolut Reelle. Dies ist der Kern meiner Philosophie. Je poetischer, je wahrer.« Unter dem Namen des mir damals gänzlich unbekannten Dichters standen Geburts- und Sterbedatum sowie ein Ortsname: ein Buch wie ein Grabstein; ich war siebzehn Jahre alt, dem-

5   Fernando Pessoa, Orpheu, Frankfurt a. M.: Fischer, 2015.

nach wären mir wenige Jahre zu leben geblieben... Meine erste Reise allein nach Paris startete am 3. Juli 1981, Prousts *À la recherche du temps perdu* war in einer neuen, zehnbändigen Ausgabe erschienen, das enge Hotelzimmer am Gare de l'Est kostete 40 Francs die Nacht, Ende August ging das Geld zur Neige, aber wer nicht abreisen wollte, dem stand offen, mittellos und zeitlos durch Paris zu stromern — mit entsprechender Kleidung hieß es dann Flanieren. Was ich von diesem unbekannten Portugiesen erfuhr, schien niemals unwahrscheinlich; sich jung in Paris umbringen: Das Leben erschien so schön, dass selbst der Freitod Bewunderung auslöste, er blieb ja nur eine Maske. Die Pariser Friedhöfe sind voll von jungen Göttern. Eine Suche nach der verlorenen Zeit? Im Tod lag eine plötzliche Antwort darauf — für einen Jüngling. Natürlich ein *spleen*. Mit einem *spleen* erklärte sich die portugiesische Öffentlichkeit Mários Leben auf Abwegen, das ein unweigerliches Ende nehmen musste. (Mit welch tragischen Folgen ein *spleen* verbunden sein kann, die Ewigkeit in jedem Augenblick verschmelzen zu wollen, erzählt das Leben und Sterben des Helden der ersten Erzählung, Raul Vilar, der unausweichlich einer Verkettung extremer Entgrenzungen, subtiler Exzesse, trugbildhafter Wirklichkeiten verfällt.)

Ein Zuckertütchen aus Prousts Lieblingscafé, *Chez Angélina*, ragt heute bei Seite 991 aus dem dritten Band der *Recherche* hervor, »der Blick, der einzig die Zufriedenheit widerspiegelt, sich von Wimpern umgeben zu fühlen«. Was dieses Auge wohl sah? Das Sehen scheint verkehrt herum gedacht, die Welt von der Retina abzulesen, allerdings von einer, auf der sich Erinnerungen *abspielen*, und vor allem so, als wäre die Welt von innen nach außen projiziert. Sá-Carneiros Problematisierung der »Zeit« ist, wie jene starstichige Erinnerung eines Marcel Proust das Trugbild andeutete, ebenso überdrüssig wie erheitert über die Geister der Erinnerung, zumal er durch das Grau das Licht der Vergänglichkeit erkennt. Die Innerlichkeit des Passagiers der Zeit, die Proust in eine Ästhetik des Erinnerungsprozesses verwandelte, vielleicht ist sie nichts mehr als ein Merkmal des Melancholikers, aber es wäre zu simpel, es dabei zu belassen, denn der Melancholiker in Proust wie in Sá-Carneiro hat sich zum eigentlichen Gestalter seiner Zeit aufgeschwungen. Proust ist für den heutigen Leser Sá-Carneiros aber nicht allein interessant, weil sich ein Vergleich ihrer melancholischen Zerstreutheiten (ibid. Auflösung) lohnt, sondern weil wir über Proust zum Beispiel einen Einblick in das Pariser Interieur erhalten, das so war, wie Proust/Sá-Carneiro es erinnerten, ganz profan. Und einen deutlicheren Hinweis auf die bildliche Umgebung, in die wir gewisse Szenen einstellen können, als seien alle Kulissen errichtet, gibt Sá-Carneiro durch zahlreiche Zitate — wie dem langen Exzerpt aus der *Kameliendame* —, in welches seine Erzählung *Der Inzest* formgenau hineinpasst; ein ähnliches Muster nutzte Proust für *Du côté de chez Swann*.

Sá-Carneiro dürfte hierbei der Ästhetik des Erinnerungsprozesses folgen, wie es der Kraft des Gestalters bedurfte, wenn er die Erinnerungen an seine Reisen in eben diese Kulissen beschwor, die er als Kind sehen durfte. Als Knabe war er mit seinem Vater auf Europareise gegangen, hatte all die Orte besucht, die in *Princípio* eine tragende Rolle spielen. Und um es auf den Gipfel zu treiben, eine vergleichbare Analyse der Davoser Kulisse, in der offenbar ein großer Akt unseres *Zauberberg* aufgeführt wird, die nicht am Ortseingangsschild endet; mehr als klare Gleichnisse drängen sich Ahnungen auf, einem verblüffenden Kondensat der Mann'schen Charakterstudien gegenüberzusitzen.

* * *

Wer etwas erfahren wollte über diesen Menschen Mário de Sá-Carneiro, das wurde recht schnell deutlich, der müsste in seine Bücher schauen. Dort findet man sein Leben; der Leser findet dort Mários Geburt, seine Kindheit, seine Adoleszenz, seinen Tod, jede Nuance seines dem Tod geweihten Lebens. Wie konnte einem der Freitod, Selbstmord, eine Hinrichtung auf dem Schafott der Schönheit plausibel erscheinen — in den schönsten Jahren des Lebens? Zahlreiche seiner Freunde waren im Krieg gefallen, wurden verstümmelt, brachten sich — geistig verwirrt oder traumatisiert — um. Nun, Mário betrachtete bereits das Leben als Kriegserklärung gegen ihn: *A vida corre sobre mim em guerra* — dieser, sein Vers, er ist heute die Emphase eines der schönsten portugiesischen Fados.

Sá-Carneiro besaß alles, was ein Rockstar besitzen muss. Er stand nicht im Schatten des übergroßen Pessoa. Heute mag das anders sein. Er war sicher der Erste, der Pessoas Größe erkannte, das wissen wir aus seinen Briefen, aber liest man den Briefwechsel genau und nicht nur im Gegenlicht eines Pessoa und verfolgt und vergleicht man die Zerrissenheit Sá-Carneiros, die darin frappant und wortverwandt ist — ich sagte es zwar bereits, aber die Sache ist verwickelter, als man meint, weil die Rezeptionsgeschichte Pessoas heute ohne Sá-Carneiro geschrieben wird —, so gedieh Pessoas Pluralität und Spaltung auf dem gleichen Nährboden, auf dem Sá-Carneiro seine Identität verlor, ein fast intimer Tausch der *Jemand-* und *Niemand*-Identitäten. Beide haben es einander bestätigt. Bisweilen glauben erfahrenste Leser, Sá-Carneiro sei ein Heteronym Pessoas.

Pessoa begann, die Schöpfung (der Identität) neu durchzuspielen, sein Vorbild hieß Shakespeare, sein erster Antagonist wurde der notorische Avantgardist, sein Heteronym Álvaro de Campos. Hatte dieser querulantische Futurist de Campos, jene Person aus der Opiumhöhle, jegliche Sinnstiftung verneint, und übertönte dessen Stimme die Polyphonie des Werkcharakters des *Dramas aus Leuten* — nach dem Bilde Shakespeares —, und mochte Pessoa, der sein Werk stetig fragmentierte wie es ihn fragmentierte, noch so taktieren, seine Vielstimmigkeit war ihm am Ende unbeherrschbar geworden. Und ausgerechnet der Antagonist wurde unerlässlich — eben Shakespeare. Von derselben Muse geküsst wie Sá-Carneiro, erfand Pessoa eine Statik, die seinen Widersprüchen standhielt — mit jedem Detail wird sie paradoxerweise tragfähiger: Diese Erfahrung macht jeder seiner Leser, entzieht sie sich trotz ihrer Tragfähigkeit einer endgültigen Schlussfolgerung über die Intentionen — diese Erkenntnis drängt sich demselben Leser auf —, aber als sei das noch nicht groß genug und eine enorme Zumutung für den Leser, der eine Stufe höher an den Erschaffer der Kunst heranrücken muss, um teilhaben zu können, erfand Sá-Carneiro die Aufhebung (ibid. Auflösung) jeglicher Statik, die Pessoas Widersprüchlichkeit noch in der Schwebe zu halten wusste: keine Antagonismen — der freie Fall, Pluralität bis zur Transparenz!

Der von Pessoa geschulte Leser im freien Fall. Ein Sakrileg? »Ich gehöre zu denjenigen, die bis an das Ende gehen«, schrieb Sá-Carneiro an Pessoa. Er skizzierte seinem vertrautesten Freund die geheimsten Strategien, »sagen Sie mir: kennen Sie etwas Tragischeres als die Tatsache, dass es nur zwei Geschlechter gibt?«, Sá-Carneiro ist hier bereits versunken in einer Erschaffung, denn er fragt Pessoa aus seiner Erzählung heraus, stellvertretend für seinen Protagonisten, um mit eigener Stimme fortzufahren, er beschreibe im Weiteren die »Wollust eines Landes, in dem es eine unendliche Anzahl Geschlechter gibt, die es ermöglichen, zur gleichen Zeit mehrere Körper zu besitzen«.

* * *

Wie das eines jeden Dichters, teilt sich Sá-Carneiros Werk in zu Lebzeiten veröffentlichte Schriften und nachgelassene Schriften. Die Einteilung ist exakt so einfach wie auf der oben erwähnten Titelei seiner *Gesammelten Gedichte*; geboren, gestorben; sein Werk weicht um eine Nuance ab. Sein Leben war ein einziges Vorspiel auf seinen Tod.

1912 — also zu Lebzeiten — erschien Sá-Carneiros erste Sammlung *origineller Novellen* unter dem Titel *Princípio* (Vorspiel). Die Erzählungen *Wahnsinn...* und *Der Inzest*, die alle zwingenden Eigenschaften einer Novelle besitzen, rahmen die Sammlung ein. Den Mittelteil — er umfasst lediglich 48 der 348 Seiten — behaupten lediglich sechs Miniaturen, sechs obsessive Anläufe, Schreibstudien und witzige Einfälle, die heute wohl jedes Lektorat gestrichen hätte. Aber der Autor selbst legte die Motivation offen, die ihn diese weniger originellen Miniaturen in sein *Princípio* haben aufnehmen lassen. Er hatte seinem Vater die Sammlung mit dem Hinweis gewidmet, diese zwischen seinem »neunzehnten und zweiundzwanzigsten Lebensjahr geschrieben« zu haben. Ein herausragendes Ereignis markiert dieses zweiundzwanzigste Lebensjahr. Zusammen mit seinem engen Schulfreund Tomás Cabreira Júnior hatte er das Drama *Amizade* (Freundschaft) verfasst, wieder hieß es *originell*. Der schmächtige Dreiakter erschien 1912 und kam am 23. März zur Aufführung. Es lohnt sich ein schneller Blick in die Widmung der Erzählung *João Jacinto*, Seite 83 in diesem Buch, eine prophetische Scharade, an die sich Sá-Carneiros Leser gewöhnen sollten. Selten darf man direkter behaupten, ein Werk sei autobiografisch; allerdings schrieb hier das Leben vom Werk ab; der Leser darf, ja muss jeden charakterlichen Fingerzeig des Autors für bare Münze nehmen. Vom Werk abschreiben heißt in diesem schweren Fall: die Realität ist eine Karikatur, eine gescheiterte Karikatur, sie wird ersetzt durch Flüchtigkeiten (*Dispersão*), nichts ist, wie es sich projiziert, Literatur ist der einzige *absolut reelle Kern*, l'art pour l'art, Ästhetizismus, hochgradige Nervosität, Ausschweifung, unweigerlich kommt einem Oscar Wilde in den Sinn. Viel weiß man nicht über diesen Schulfreund Tomás, der zunächst sein Werk vernichtete und sich dann 1911 durch einen Pistolenschuss in den Kopf umbrachte, mutmaßlich war die homosexuelle Freundschaft der beiden hochsensiblen Jünglinge eskaliert. Cabreira wird heute als eine Ikone der portugiesischen Schwulenbewegung verehrt,[6] aber interessanter als jegliche Spekulation dürfte jedoch sein, dass sein Freitod nicht weniger insze-

---

6   Verantwortlich dafür ist eher die Homosexualität des Autors eines biografischen Versuches über diesen unbekannten Jüngling.

niert war als der Mários fünf Jahre später. Tomás erschoss sich auf der Freitreppe ihres Gymnasiums. Aber mag man auch in den portugiesischen Annalen nichts zu diesen Vorfällen finden — es gibt da wirklich nichts von Interesse —, in Mários Texten tauchen sie auf, allüberall in Sá-Carneiros Werk stellt sich die Figur des Tomás ins Bild, als Patrício Cruz in *Wahnsinn...* , und zuvor schon als der junge Raul in der gleichnamigen Erzählung. Und bedenkt man, wie prophetisch Sá-Carneiro diesen jungen Dichter Cruz in das berühmteste Irrenhaus Lissabons, *Rilhafoles*, einwies und wie authentisch ein wirklicher Ángelo de Lima aus eben diesem Irrenhaus heraus eine Rolle in der von Pessoa und Sá-Carneiro angezettelten Moderne Portugals im Jahr 1915 spielen wird, man gewinnt den Eindruck, dieser Autor habe den fiktionalen Rahmen seines Lebens selten verlassen, ja man gewinnt den Eindruck, der Rahmen der Fiktion weitete sich von jeder geschriebenen Etappe zur erlebten, und hätte die letzte Etappe nicht den eigenen tragischen, brutalen Tod in Kauf genommen, man könnte von einem riesigen Spaß ausgehen, den sich der Autor mit seinen Lesern erlaubt.

Die im Vergleich zu den Miniaturen allein schon umfangreichere Erzählung des *João Jacinto*, die als *Biografie* erschien — sie wird auf das Jahr 1908 datiert —, wurde erst nach ihrer Entdeckung in den 1980er Jahren gedruckt. In der Literatur wird immer wieder darauf hingewiesen, Mário habe seit dem Freitod Tomás' nunmehr über Selbstmord geschrieben. Aber weder gab es je ein anderes noch ein annähernd so fieberhaftes Sujet. Was markierte zwischen 1908 und 1909 also das erwähnenswerte »neunzehnte Lebensjahr«, das für *Princípio* den Beginn darstellt?

Das wahre Leben! Mários Vater, ein angesehener Ingenieur, hatte andere Pläne für seinen Sohn; dessen früheste Veröffentlichungen — eine Art Schülerzeitung unter dem Titel O Chinó (Die Perücke) — ließ sein Vater einkassieren, sobald er davon erfuhr; Mário war damals vierzehn, fünfzehn Jahre alt. Es dürfte einen familiären Eklat gegeben haben, das Blatt war augenscheinlich eine Parodie auf die Schule und ihre Lehrer. Der Ungehorsam seines Sohnes, den der Vater wie ein Mädchen mit langen Haaren aufziehen ließ, war ihm nicht unbekannt. In Mários frühestem — überlieferten — Gedicht, A Quinta da Victoria, das er als Dreizehnjähriger schrieb, beschwert sich der Sohn über die Absicht des Vaters, den paradiesischen Landsitz zu verscherbeln, weil er zu hohe Unterhaltskosten hat. Es dürfte jene Quinta sein, die für die jeweiligen Landsitze in Wahnsinn... und Der Inzest Modell stand. Und Modell standen auch die ausgedehnten Reisen durch bedeutende europäische Städte wie Luzern, Rom, Neapel, aber auch Paris, sowie mondäne Orte an der Küste und in den Schweizer Bergen. Vater und Sohn logierten im Grand Hôtel de Paris, eigentlich immer in den Grand Hôtels der besuchten Städte. Der Leser wird es gemerkt haben, die mondäne Reisegruppe aus Inzest ist nichts anderes als ein gedankliches Palimpsest; selbst der spätere Ehemann der inzestuös geliebten Tochter-Kopie, der literarisch ambitionierte Kadett, Carlos de Noronha, steht für ihn, für Sá-Carneiro, der wie ein gehorsamer Sohn vor seinem Mentor steht. Wie für den Bildhauer Raul Vilar in Wahnsinn... ist Sá-Carneiro jedes Fleisch willkommen: »Die Bildhauerei schafft Körper: Ich schaffe Körper. Die Literatur schafft Seelen: Du schaffst

Seelen. *Könnten wir unsere beiden Künste zusammenbringen, würden wir Leben schaffen.* Zum Glück ist das unmöglich...« Unmöglich? Das ist Drama pur! Oper! Ein Palimpsest der Künste unter der Regie der Literatur. Sogar seine wirre Interpunktion folgte nur der Modernität der Fiktion, eine damalige Rechtschreibreform tat ihr Übriges. Aber zurück zu den väterlichen Absichten. Der Bruch kam 1912. Die schulische Laufbahn war beendet, eine Entscheidung über die Karriere des Sohnes stand an. Nach vielen skandalösen Geschichten schien — aus der Sicht des Vaters — ein Studium im Ausland opportun. Aber bereits in der Biografie *João Jacinto* aus dem Jahre 1908 lesen wir, was Mário von den Plänen seines Vaters hielt: »Ach! João Jacinto, du, der du dich danach sehntest, ein bedeutender Mann zu sein, schlugst dich als ein Pflastertreter rum wie irgendein nutzloser und reicher Jura-Pinkel!« Mário ging 1912 an die Pariser Sorbonne, lebte als Student wieder im Grand Hôtel de Paris und studierte ein bisschen Jura. Denn bereits 1909 war Mário nur noch eines gewesen: Literat. Er publiziert in Zeitschriften, benutzt Pseudonyme, lernt die Dichter und Künstler Lissabons kennen und verkehrt in ihren Kreisen, *Amizade* kommt in einem notablen Theater zur Aufführung, eine kurze Erzählung aus dem Mittelteil von *Princípio*, *O sexto sentido* (Der sechste Sinn), erscheint in der Illustração Portugueza, und 1912, noch bevor er nach Paris abreist, lernt er Fernando Pessoa kennen. Zwischen seinem »neunzehnten und zweiundzwanzigsten Lebensjahr geschrieben« — das war der Sieg über den Vater, von dem er finanziell abhängig war, ja den er seine Bücher bezahlen ließ, sogar für die skandalöse Orpheu sollte er geradestehen, ein Sieg über den Vater, den er langfristig für sich gewinnen musste, denn er brach sein Studium an der Sorbonne schnell ab und lebte wie ein Dandy in der Hauptstadt der Welt, in seinem letzten Monat soll er 3200 Francs verprasst haben, es blieben keine 200 mehr für seine Hotelrechnung (und die Rettung des Koffers) übrig. Will man dieser Logik folgen, so sind die Erzählungen aus *Princípio* einerseits ein Balsam für den Vater, andererseits eine Drohung, seinen Sohn nicht noch einmal aus seinem Paradies zu vertreiben — Paris, das ihm wie ein Jahrmarkt vorkam, wie ein Karussell. Portugals klarste simultaneistische Dichtung, *Manucure*, ging à la longue aus dieser geschäftigen Kulisse hervor, sie steht im Range einer *Prose du Transsibérien* von Blaise Cendrars und Sonia Delaunay, eines *Howl* von Allen Ginsberg, aber eben auch der *Oden* von Álvaro de Campos. *Manucure* wurde in ORPHEU veröffentlicht, Pessoa bezeichnete das Gedicht als *blague*, eine Alberei, und strich es aus seinem Editionsplan.

* * *

Sá-Carneiros Werk, so das Fazit, ist ein langer »Brief an den Vater«. Wie viele seiner Zeitgenossen vermochte auch Sá-Carneiro die tatsächliche politische und militärische Brisanz des Kriegsverlaufes auszublenden. »Ich war mir immer der Erste«, schrieb er an Pessoa, als er sich über die Herzlosigkeit seines Vaters beklagte. Dieser, mehr oder weniger unbeeindruckt von seinem skandalösen Sohn, verlegte 1914 sein Leben zusammen mit seiner zweiten Lebensgefährtin in die portugiesischen Kolonien Afrikas. Mário, der 1914 nach Lissabon reiste — ihm war die *Quinta da Victoria* wie